幸存者回忆录

[英国] 多丽丝·莱辛 著 | 朱子仪 译

译林出版社

图书在版编目（CIP）数据

幸存者回忆录 / （英）多丽丝·莱辛
(Doris Lessing) 著 ; 朱子仪译. -- 南京 : 译林出版
社, 2025. 1. -- （莱辛作品）. -- ISBN 978-7-5753
-0434-4

Ⅰ. I561.45

中国国家版本馆CIP数据核字第20247M64L8号

著作权合同登记号　图字：10-2021-126 号

幸存者回忆录　［英国］多丽丝·莱辛 / 著　朱子仪 / 译

责任编辑　王　玥
装帧设计　金　泉
校　　对　孙玉兰
责任印制　闻媛媛

原文出版　Flamingo, 1995
出版发行　译林出版社
地　　址　南京市湖南路 1 号 A 楼
邮　　箱　yilin@yilin.com
网　　址　www.yilin.com
市场热线　025-86633278
排　　版　南京展望文化发展有限公司
印　　刷　苏州市越洋印刷有限公司
开　　本　850 毫米 ×1168 毫米　1/32
印　　张　7.375
插　　页　4
版　　次　2025 年 1 月第 1 版
印　　次　2025 年 1 月第 1 次印刷
书　　号　ISBN 978-7-5753-0434-4
定　　价　65.00 元

此书写给我的儿子彼得

大家都记得那个时代。对我，对别人都一个样。我们至今还反反复复说起共同经历的那些事件的细节，不管是自己说还是听别人说，都仿佛要表示：“你也有过这样的感觉吗？那情况肯定就是这样了，不错，事情就是如此，毫无疑问，我并没有胡编乱造。”我们互相进行着细节上的印证或争论，就像人们在一次旅行中见到什么奇异的动物之后通常所做的那样：“你见到那条大蓝鱼了吗？真的吗？你见的那条是黄的！”但我们去过的是同一片大海。在那段漫长的、紧张不安的时期终结之前，每个人、每个地方的情况都相同，城市里更小的单元——几条街道、一片楼群、一座旅馆，与各个城市、各个国家和整个大陆……都没有什么不同。没错，我同意就我们谈及事件的性质而言，拿稀奇罕见的鱼、海洋等做比喻未免过于夸张。可在这里用来讨论我们每个人回顾一生中某一时期的方式，也许还算适当。回顾那些事件，会发现我们能够比当初事件发生时感觉到更多内涵，即便这些事件令人丧气得如同假日后公共草地上遗留的垃圾。人们会彼此比较，仿佛希望或期待将事件本身某些尚未得到认可的东西确认下来。远不止这些，他们似乎要将某些东西完全排除在外。是快乐吗？在我的一生中，我也偶尔关注这个词，观察它，但我从未弄清楚它到底是什么东西。是一种意义，还是一种目的？不管怎么说，在心智框架内回顾往事，似乎会沉浸在一种毫不相干的物质之中，与经历无关。那怎么可能是真实的记忆？是怀旧吗？不是。我没有谈这个。也不是渴求呀懊悔呀这一类毒害人的热望。我们每个人都想给自己并没有多大意义的往事增添重要性，我们会说：“你知道，我就在那儿。我亲眼所见。”但这里说的也不是这个问题。

正因为我们有这个倾向，也许我就可以使用天马行空的比喻了。我当时真的在那片大海里见过鱼，就好像鲸呀海豚呀自己想好了要以绯红和翠绿现身。可我当时并未弄明白看到的情景，当然也就无从知晓我的个人经历有多少是众所周知，又有多少能与别人共享：回顾往事，我们首先承认的是彼此的共同点，而不是不同点。

现在我们大家周知的一件事，对于每一个人来说都是真实的，但我们每个人都私下里认为那是深藏于自己心智中的独特性的证据，都觉得那是以非官方方式进行的。我们对新闻广播、报刊，以及声明、公告都习以为常，这些东西都是我们不可或缺的：没有了它们，我们就变得沮丧、焦虑，原因当然在于你必须看到官方的印戳才放心，特别是在这么一个时期——事情的进展全部出乎意料。而事实是，我们每个人都在非官方渠道的某一点上，意识到我们获知的真相与舆论宣传的非常不同。成串的词语把事件具体化成一幅图景，几乎就是一段描述：“然后事情就发生了，某某人当时说……”但在更多情况下，词语在漫不经心的对话中脱口而出，甚至可能是你的自言自语。“是的，当然啦！”你会这么说，“就是这么回事。我早就知道了。只是我还没有耳闻，我之前不明白……”

对当局，即对作为宾语和主语的“他们”（Them and They）的态度变得越来越矛盾，而且我们所有人都相信我们正生活在一个特定的无政府状态的社会中。当然情况并非如此，哪儿都看不到什么异样。也许到后面再来阐述这个问题要更好一些，这里只是想说：“它”（it）这个词的用法一直是危机和公众忧虑的信号。“他们怎么就这么不称职！”“上帝呀，情况糟透了！”上面两句话之间存在着明显的不同，这种不同就像“情况糟透了”与“这儿也开始了”或“对此，你又听说些什么”的区别。

在我们讨论“它”之前，我要把情况描述一下。我们仍旧处于总体上的不安定阶段。情况不怎么好，甚至是相当糟。许多方面的情况都很糟：功能瘫痪，看不到希望，或者用新闻广播可能采用的字眼，事态“令人恐慌”。但就某种意义而言，“它”让人感觉到的是不可避免的紧迫的威胁。真的不可避免。

我住在一幢公寓楼中，是几幢相仿的公寓楼中的一幢。我住在底层，贴着地面。在这里的感觉与那些高层住家不能同日而语；在他们那里，鸟儿在窗与窗之间沿着无形的固定路线飞来飞去，飞翔的鸟群投来好奇和思索的目光，道路交通和尘世远远地在下面。我不是这样，我属于那种总要仰望、想象高处会发生什么事的人。在高处，窗户通风要好得多，前门通向公用电梯，然后往下，往下，然后就听到了交通的喧嚣，闻到了化学制品、植物……以及大街的味道。这些公寓不是由市议会建造的，市议会建造的公寓楼外墙上满是涂鸦，电梯里有尿迹，入口大厅的墙上有粪便的污迹。这些公寓不是直接建在穷人的街区，而是由私人出资建造，很厚重，很宽敞地建在昂贵的地皮上——以前挺昂贵的地皮。房子的墙很厚，因为这里的住户有钱为他们不受干扰的独处付费。一进门是一个宽敞的大厅，铺了地毯，甚至还有几个花台。虽是人造花，却也够好看的了。有一个看门人。这些公寓楼是这类房屋应有的坚固和体面的典范。

可在那个时候，由于许多人都离开了城市，住在这些公寓楼里的家庭并不都属于原先这里典型住户所属的那个阶层。几年来，正像穷人遍布他们侵入的街道，空出来的房屋也被擅自占房者占据，住进了单个家庭或多个家庭组成的群体，久而久之，我们都不能明确地说：这是一个工人阶级居住区，这是我们同类的居住区。同样，在这些曾经只住过富人、专业人士和生意人的楼房里，现在居住着穷人家庭或家族。也就是说，公寓、楼房已属于那些有胆量搬进来住的人。在我住的楼房的走廊和门厅里，就像在大街上或市场里那样，你可以遇到各种各样的人。

一位教授、他的妻子和他们的女儿住在走廊另一头与我相似的套间里；我楼上住着一家有许多亲戚和孩子的印度人。我特意提到这两个住户，是因为他们最靠近我，因为我想表示在……开始之前，我并非对墙后面和天花板上面的情况一无所知。是什么开始之前呢？对此很难表达，因为没有什么可供我准确地描述，没有任何确定的东西……现在我并不是在谈论社会压力和公共事件，我们将它们归纳到作为宾语和主语的“他们”“它”之类的词语，但我个人的发现在当时却变得如此迫切，对我一直提出这样的要求。我不能说：“在这样的一天，我知道在墙的后面正过着某种类型的生活。”我甚至都不能说：“是在那年的春天里……”不是这样的，察觉到在离我那么近的地方展开的、我无法看见的别人的生活，是一个缓慢的过程，确实要归入我们用“领悟”这个词进行描述的认识范畴，带有“逐步达到理解”的含义。这样一种渐进过程也许需要好几个星期，好几个月，好几年。当然你能“知道”某些东西，却不能“认识”别人的生活。（你也会知道了，然后忘掉！）回顾过去，我可以确定地说，那面墙背后的别人生活或状态的进展，早在我“领悟”到这一切之前，就在我内心的背阴处存在，那是我先前倾听的内容和倾听的目的。但我无法记下具体的日期或时间。当然这种内心的成见要先于公开的观点，即我之前提到过的，我希望不要把这随便就看作“它”。

即便愚钝如我，我也知道我渐渐要察觉到的、已处于“领悟”边缘的东西，与我周围的实际情况性质不同。不同于我头顶上那些印度人（我想他们来自肯尼亚）活跃、忙碌和温暖的家庭生活，同样不同于我听到的隔壁房间怀特教授和他家人的生活——他家厨房与我家的只隔一面墙。尽管那是一面厚墙，但两边都能听得真切。

没等我“领悟”，没等我去弄个明白，我客厅墙背后就有异样发生——这个事实变得显而易见，因为客厅外面是一条走廊。准确地说，我不可能听到多少东西。来自走廊的声音，即便是经常有人走动的走廊，声音也都是有限的。总是从一个地方开始，然后转到另一个地方：人们单独、成对、成群地从走廊里走过，有时说话，有时不说话。这条走廊通向大楼的前厅，先经过我家的门，然后是怀特家的门，接着绕到大楼底层东边的公寓。沿着走廊行走的有教授、他的家人和他家的来客、我自己和我的来客，还有东边两个住家和他们的来客。因此，走廊里总是有人走动。隔着坚固的墙，你常常辨认得出那些脚步声和说话声，我会对自己说："这肯定是教授吧？他今天可是够早的。"或者"听动静像是珍妮特放学了。"

还真的出现了这样的时刻，我竟然容忍了在那面墙背后存在一个房间的想法，也许不止存在一个房间，甚至是一套房子，它或它们与走廊占据同一个空间，与走廊相重叠。那个时候，我几乎已确信自己要离开这城市了，也就在那个时候，我对听到的声音非常敏感，我还强烈意识到自己早就知道那种异常情况的存在。至于离开这个城市，当然每个人都一直有这种感觉。感觉到我们必须离开的，并非只有我一人。这个例子可以用来说明我前面说过的话：一个想法同时进入每个人的内心，而且当局的干预完全无效。也就是说，这并非由权威人士公开宣布，也不是来自公共讲堂、报纸、电台或电视。上帝知道各种消息，言论仍在不断地发布出来——但民众不接受这些东西，而是接受那种另类信息。总的来看，人们倾向于忽视当局的言论，不，这个说法不完全对。公开的信息依旧引起人们讨论、争吵和抱怨，但公开的信息拥有的是另一种影响力。假如我说公开的信息差不多被当成一种消遣？不，这么说也不准确。人们不按他们听到的做，问题就在这儿——他们不按听到的做，除非当局强迫。但这种另类信息没人知道来自何方，这消息“流传着”，大家都付诸行动。举个例子，在官方宣布实行某种基本食品配给制之前几个星期，我在大楼前厅撞见梅塔先生和他妻子，这老两口都当爷爷奶奶了，他们正合力把一口袋土豆拖进门。我也囤了不少土豆。我们点头微笑，互相恭维彼此的预见。类似的情况还有：我记得自己和怀特夫人在主门前平坦的路面上互问早安。她相当不经意地说：“咱们没必要留太久的东西。”而我的回答是：“还有几个月吧，不过我同意我们该做点准备了。”我们谈论的是大家都在谈论的，即我们得离开这个城市。没有任何公开的提示说人们应该离开。在这一点上，市政部门丝毫没有意识到这个城市正在变空。可能在前面提到了，其他征兆也好，别的短暂现象也好，在我们的生活中都变得无足轻重了。

促使人们离开的理由不是单一的。我们得知南方和东方的各种公共服务已经停止，而且这种事态正在向我们蔓延。我们得知人们都已离开国家的那些地区，只留下成群结伙的人。绝大多数是年轻人，他们靠自己能找到的食物生活，诸如留在地里未收割的庄稼，以及各种设施停止运转之前逃脱了屠宰的动物。这些团伙或帮派刚开始并没有对少数不愿离开的居民施以特别的暴力和伤害。正像新闻广播所说，他们甚至与执法、治安人员合作。后来，食物变得更加匮乏，而且一旦有危险临近，便会立即引起人们逃亡。到了那个时候，这些团伙就会变得很危险。当他们穿越我们城市的郊区时，人们便往城里涌，避开他们可能经过的地方。

这种情况已经持续几个月了。警告先是来自谣传，然后通过新闻渠道，说那些团伙在迁移中通过某个地区，那里的居民都紧锁房门躲在家里，直到危险过去；还说新的团伙正在接近这个或那个地带，那里的人们被忠告要照顾好自己的生命财产；而另一个以前很危险的区域，现在又安全了——诸如此类的警告成了我们生活的组成部分。

我住的地方在城市北部，南部郊区有团伙频频光顾很久以后，我们这里的街道还没有成为他们迁移的通道。甚至在城市部分地区对混乱状态已习以为常时，北边的我们还谈着和想着我们对危险具有免疫性。麻烦会自己消除、瓦解，离我们而去……这便是我们已经习惯了的优越感，最先的两三个团伙在我们北部郊区露面似乎只是孤立事件，像是不会再重演。渐渐地，我们开始认识到我们所处的和平、正常时期，相对于洗劫、争斗连连的日子而言，快要变得不同寻常了。

因此，我们肯定要搬走。不错，我们要走。虽然还不那么紧迫，但不用多久就必须如此了，我们都知道这一点……此时此刻，我们的日常生活是正在发生的神秘现象的前景，被照亮的区域（假如可以这么说的话），神秘现象已经在“别的地方”显现了很长时间。我越来越感到我平常的白天生活无关紧要。一点都不重要。那面墙对我来说，（可我要怎么解释？）我要说的是，它变成了“无法摆脱的意念”。这个短语意味着我准备要对这面墙（它所代表的东西）不忠，预备将它纳入病理学的地带？或者我有时因自己对它表现出兴趣而感到不安？不是，我感觉就像是生命的重心被移动了，平衡力移到了某个地方，我开始相信（可是心里不舒服）在墙背后进行的一切（即便破旧、单调），其重要程度丝毫不亚于我那整洁、舒适的日常生活。我会站在客厅里——那里的色彩主要有奶油色、黄色、白色，或者这些色彩至少足以让人感觉，走进房间就如同走进阳光里——我会在那里等待，不出声地看着这面墙。坚固。平常。一面没有门没有窗的墙：通向公寓门厅的门开在房间的侧墙上。有一个壁炉，但不位于这面墙的中间，而是偏向一边，致使宽大的墙面空空荡荡：我没有在上面挂画片或别的什么。墙面原先的“白色”已经发暗，除非阳光直接照射到上面，墙面本身无法释放多少光线。墙面上一度贴过墙纸，虽然后来用涂料刷过，但花朵、树叶和鸟类的图案仍然可以看见。每当清晨的阳光照在部分墙上，被草草涂掉的图案便清晰地显现出来，使人内心在这些树木和花园的暗示作用下，相信波动的阳光正在制造色彩——绿叶色、黄色、某种透明贝类的粉红色。这面墙并不很高：房间的天花板处于让人感觉适宜的高度。

正像你能看到的，有关这面墙，没有任何让我感觉不同寻常的地方。可当我站在那里看着它的时候，当我做着公寓里别的事情却想到它的时候，心里总是能感觉到它，触摸到它，就仿佛托着一只快要孵化的鸡蛋贴近耳边。那暖暖的光滑外壳在你的手掌上颤动。尽管那蛋壳易碎，一不小心就会在你的两指间破裂，但这薄薄的外壳却是神圣的，因为它对小鸡孵化来说是那么必需。精准的时刻决定了小鸡何时摆脱黑暗的牢狱；在它的里面，好像有沉重的东西在重新分配重量，犹如胎儿在子宫中变换位置。外面是最脆弱的瓦罐，而里面呢，头缩在翅膀下的小鸡，正啄着自己的出口，蛋壳上一点点产生了极细小的石灰碎片，到了某个时刻，第一个星星般的黑孔将在蛋壳上出现。我甚至发现自己将耳朵贴在那面墙上，如同将能孵化的鸡蛋贴在耳朵上，倾听着，等待着。不是为了听怀特夫人或教授本人的动静。他们可能刚刚出去或刚刚进来，走廊里可能确实有那些平常的动静。不，我正倾听的声音来自别的地方。不过这些声音本身也很平常：搬动家具的声音，从极远的地方传来的说话声，一个孩子的哭声。隐隐约约。但这些声音是那么熟悉，我一生中总是听到这些声音。

一天早餐后，我站在那里抽烟——我一天里只允许自己实实在在抽一支烟——透过盘旋的蓝色烟雾，看那发黄的阳光如何在像是缩短了的长方形墙面上扩展，使得这面墙看上去中间比两端高。我看着黄色光线的闪耀和搏动，看得很专注，仿佛在倾听，仿佛在思考随着季节的更迭，思考这一片清晨的阳光如何在形状、长度和位置上发生变化。然后，我就穿过了墙，去看看那后面有什么。一开始我并没有真正意识到那后面有一整套房子。那些房间曾住过人，此时则闲置了。可能已经很多年没人住了吧。房间里没有家具。墙上好些地方涂料都剥落了，小块的碎片落在地板上，地板上还有纸屑、死苍蝇和灰尘。我没有走进去，而是站在中间的边缘地带，前后是两个世界——我熟悉的公寓和无声无息、一直等着人发现的这些房间。我站着，看着，用眼睛来摄取。

我感觉到极强烈的期待和渴望：这个地方有我需要的东西，我知道它在那里——哦，是的，它是我整整一生、整整一生所等待的。在我真正亲自用眼睛获取这个地方的信息之前，我就了解这个地方了，认识这个地方了。这个地方的墙比我的公寓高许多，开了许多窗和门，这是一套宽敞、明亮、通风、讨人喜欢的公寓，也可能是一幢楼房。在远一点的房间里，我瞥见一架粉刷工的梯子。这时，一块云遮住了太阳，正当阳光在我的墙上渐渐淡去时，我看见有人穿着粉刷工的那种白色连身工作服，正在用滚筒给失去光泽和布满污迹的墙面刷抹白涂料。

我把发生的这一切忘掉了。我继续做着日常生活中那些琐碎的事情，虽意识到墙后还有另一种生活，却记不起自己曾到过那里。一直到几天后，半晌午的时候，我又站在那里，手指夹着香烟，透过飘浮的烟雾看着落在墙上的阳光，我心里想：嘿！我穿墙去过那边，我肯定去过。我怎么会忘呢？那面墙再一次没了踪影，我穿了过去。那里有比我第一次觉察到的更多的房间。我强烈感觉到那里有更多的房间，尽管我看不到那个空间的全部。此时我也没见到穿工作服的男人或女人。房间都空空荡荡。要让这些房间能够住人，需要做多少事情啊！不错，我看得出这样的工作要花上几星期、几个月……我站在那里估量着该做的事：掉落的灰泥、带着潮斑和污迹的天花板角落，或者损坏的墙壁。可就在那个上午，当我开始明白有多少工作需要做的时候，只是在一刹那，我看见了什么？简直都没法说。也许那更多的是一种感觉，而不是真正看见了什么。无疑是一种快感——一种愉悦，一种安慰。也许我确实看到了一张脸，或一个人的身影。这张脸（我后来清晰看到了）我很熟悉，不过这张脸也可能如同逝去的一切那样，在这个地方，在第二次走访时，从我记忆里浮现出来：它返照出自身，不再需要利用寄生的东西或镜子，而是通过一种愉悦的期待的情感，通常带着渴求的基调。这是墙背后的房间的合法住户。不管是当时还是以后，对此我都没有怀疑过。这个“被流放的”住户，在那冷冰冰、空荡荡、满是污迹、空气污浊的建筑里，她肯定无法居住，她怎么可能在这里住过呢？

当我再度发现自己站在家里的客厅，一支香烟已燃烧过半时，留给我的是对一个许诺的坚信，无论以后在我自己的生活中和那些隐藏的房间里，情况变得多么艰难，这种坚信都不会离开我。

那孩子就是以这种方式留给我的。当时我在厨房里，听到有响动，就走进客厅，见那里站着一个男人和一个半大的女孩。这两个人我都不认识，我走上前去想澄清可能的误会，心里想着：我一定是忘记关门了。他们转过脸来看我。我记得自己当即被女孩脸上欢快、坚硬、神经质的笑容打动。那个中年男人衣着平常，从哪方面讲都没有引人注意的地方。他说："就是这个孩子。"他已准备往外走了，把手按在她肩膀上，对她笑笑，点点头，转身要离开。

我说："一定是……"

"不，没有搞错。你要对她担起责任。"

他已走到了门口。

"可是等一会儿……"

"她叫艾米莉·卡特赖特。请照顾她。"说完，他就走了。

我和那个孩子，我们站在那儿，你看我，我看你。我记得有阳光在房间里流动，时间还是上午。我纳闷这两个人是怎么进来的，但这个问题似乎已无关紧要，因为那男人已经走了。此时，我跑到窗口：眼前是一条街，沿着人行道有几棵树；公交车站上有一队经常在那里苦苦等候的人；对面宽阔人行道上的树下，来自楼上梅塔家的几个孩子在玩球。这些男孩和女孩肤色发黑，都穿着炫目的白衬衫，还有粉色和蓝色的新外套，他们牙齿洁白，头发闪着光。但我要找的那个男人，已无影无踪。

我朝孩子转过身。现在我得慢慢来了，我琢磨着该说什么，如何介绍自己，如何对待她——我自己界定为小技巧和小花招的种种做法都显得那么可悲。她在细细地观察我。我脑袋里冒出的想法是：这是囚犯观察新入狱的人才可能有的那种专家式评估。我的心已沉甸甸：焦虑不安！我的头脑还没有转过弯来，还搞不清发生了什么事。

“艾米莉吗？”我试探地问，希望她能澄清我内心的疑问。

“艾米莉·玛丽·卡特赖特。”她说。她说话的声音和脸上的微笑都欢快而无动于衷。态度有点冒失？反正是一副费解的、上了瓷漆般的神情。我试着不把这个放在心上，或避开；我意识到自己在急于传递信号——微笑也好，手势也罢，这样或许能进入她冷冰冰的防御背后较为柔和、温暖的地带。

“那么，你坐下好吗？要么，我为你做点什么吃的？喝点茶？我这儿有好茶，可当然……”

她说：“请带我去看看我的房间。”她自己没怎么意识到，此刻她的眼睛里带着恳求。她需要，非常需要知道，将像毛毯一样可以围绕她、给她安慰的是什么样的墙壁，什么样的避难所。

“哦，”我说，“我还没想到呢，我不是那么……我必须……”

她的脸似乎有点皱缩，可仍保持着鲜明的不肯罢休的姿态。

“你看，”我接着说，“我没想到……让我们现在看看怎么办。”她在等待。她固执地等待着。她认定将跟我一起过。她认定这是她的避难所，这是呵护她的四壁，她的窝，这里有一个属于她的、她可以爬进去的小小空间。“倒是有闲置房间，”我说，“我这么称呼它。可它不是非常……”不过我还是往那里走了，我记得当时是多么无奈和忧郁，我走进公寓小小的前厅，穿过它到了那间闲置房间。

这套公寓位于大楼的前部靠南边。客厅占据了大部分空间：宽敞的客厅正是我住进这套公寓的原因。从门厅一直走到底就是厨房，它位于大楼的一角，你必须穿过客厅才能到那里。厨房相当大，有食品橱、碗橱，有贮存东西的空间，用餐也在那里。门厅开了两扇门，一扇通向客厅，一扇通向我所谓的闲置房间。这个房间与浴室相连。我的卧室在大楼前部，可以从客厅走进去。我的卧室并不大，浴室、门厅和闲置房间占据了和它同样大的空间。因此你会明白闲置房间非常狭小。它有一个开得很高的小窗户。那房间通风不好。它实在没什么可吸引人。除了存放东西或有朋友留宿，我不会用这个房间。有朋友留宿时，我得说上一通表示抱歉的话。

“真对不起，这房间这么小，这么暗……也许我们应该……”

“不，不，我不在乎。”她用欢快且冷冰冰的语调说，她总是这样的态度。不过她带着渴望看着那张床，我明白她已找到了避难所，终于在这里找到了她自己的地方。“这房间太好了。”她说，“哦，是的，你不会相信，你不知道我曾经……”我以为她要解释她曾经经历过什么，但她闭口不谈了，她等待着，浑身上下都表露出她是多么想要我离开这个房间。

“我们得共用一个浴室了。”我说。

“啊，我会非常注意整洁，”她向我保证，“我真的会非常注意。你知道，我不会弄得乱七八糟的，肯定不会。”

我当时的感觉是：假如我不住在这套公寓里，假如她不认为自己必须行为得体，她就会露宿街头，甚至可能已经离开人世。

“我不做邋遢鬼，”她向我保证，“我一定打扫干净，尽快打扫干净。”

我离开她，到客厅里去等她。我先站在窗前往外看，心里疑惑是否有新的奇事要出现。然后，我坐下来，更准确地说是我开始想象，摆出“思想者”那种专心致志的模样。

不错，这太不同寻常了。不错，这简直不可思议。但最终我接受了这种“不可思议”。我与它共处同行。为了自己的内在世界，我已经抛弃了对寻常事物的所有期待，我真实的生活就在内在世界之中。至于公共事务，那个外在世界，长久以来一直提供寻常的东西。也许，我们可以把那个时期描绘成“不同寻常的日常状态”？读者在这里不该感到费解：这些话语是对我们共同经历过的时代的描绘。（描绘了众生相吗？可能吧，但这样想并不会有多大帮助。）

但这些话语却充分传达了艾米莉被带到我家时事态的氛围。当整个社会组织以及它的各种形式都不再运作，我们经过一番调整继续过我们的日子，仿佛并没有发生什么大事。为过日常生活而做的努力是多么坚定，多么顽固，体现了多么强大的自我恢复能力——这一切真令人诧异。而当我们已经习惯的（十年前甚至以为是理所当然的）东西荡然无存，或所存无几时，我们的言谈举止却没有丝毫改变，仿佛仍旧拥有那些东西。说实在的，我们都知道，旧时代的食品供应、娱乐消遣，甚至奢侈豪华的作风，确实依然在社会高层存在，不过享用这些东西的人自己当然不会去关心这些。生活秩序也可能存在于孤立的地区，从空间和时间上说，可能存在几个星期或几个月，存在于某个特定的区域。在这样的时间和空间内，人们还像原来那样生活、谈论，甚至还像原来那样思考问题，就好像什么都不曾改变。当糟糕的情况真的发生时，比如当一个地区遭到蹂躏，人们会搬出去一些日子，比如几个星期，去亲戚或朋友家住，然后再搬回到也许已历经洗劫的住处，继续从事他们的工作，做他们的家务，回到他们原先的秩序之中。我们对任何情况都能习以为常，这当然是老生常谈，但也许你必须经历过这样一个时代，才会知道这种说法真是千真万确。无论是什么情况，人们都能设法把它当作“日常生活”来对待。准确地说，正是这种能力给予那个时代一种特殊风味：怪异、忙乱、惊恐、威胁以及一种遭围困或战时的气氛，竟与惯例、常态甚至体面合为一体。

举个例子，新闻广播和报纸会好几天追踪报道一个儿童绑架的事件，这儿童可能是某个心怀不满的贫穷妇女从婴儿车里抱走的。警方会出动数百人在郊区和乡村搜寻，寻找孩子，追捕那位妇女，要将她绳之以法。但接着新闻短讯说的却是成百上千，甚至数百万人的群体死亡。我们仍然相信，我们希望自己相信，前一个报道代表了我们的愿望，即关注那个儿童，为了抓捕罪犯，甚至不惜让我们上百个警察辛辛苦苦花上几天、几星期的工夫。至于后一个报道，这类灾祸新闻总是说给那些并非真正处于那个恐怖地带的人们听的，只是一个不幸的、次要的，至少不是决定性的偶然事件，只是文明长河平稳发展中的一个插曲。

这就是我们接受的那种正常情况。可我们每个人都会有这样的时刻，“大家默许的游戏规则”在时间面前简直站不住脚：不真实的感觉会像反胃一般向我们袭来。犹如地面正在我们脚下消解——也许这种感觉是真正的敌人……或者我们相信它与我们为敌。或许我们的默契还算适度，至少没有到不可救药的地步，这种默契产生，因为我们把“现实”当作敌人，它要我们自己去认识发生的事情。在我们感到赤裸裸、无力防卫的时刻，也许我们的借口，每个人的借口，看起来都那么假模假样、荒唐古怪，却应该被视为值得称道的东西？或者，也许这一切是必要的？就像孩子玩游戏时表现的样子让人看不出他们实际的弱点。但人们一直以来越来越倾向于必须挫败需求，仅仅付之一笑。哦，远远算不上是善意的笑，更确切地说，是放肆的嘲笑。

再举一个例子。约有两百多的一大群人，或者说是一群流氓，蜂拥走过我们邻近的社区，从我的窗口望出去，街对面的人行道上留下一具尸体，还有被砸碎的窗户、遭洗劫的店铺和燃烧过的篝火。就在同一个星期里，有一个自封为治安维持会的中年妇女组织，向警方提出正式抗议，但她们抗议的对象却是一个由一些年轻人创立的业余剧团。这个剧团编写并上演的一出戏，表现了住在像我们这样的公寓大楼里的一个普通家庭内部的紧张关系，这个家庭收容了六七个来自东方国家的难民。（人在旅途，只要跟着迁徙的群落一起走就都是“流氓”，而当他们脱离出来，到某个家庭或住户那里寻找避难所，就是“难民”。）这家住户本来有五口人，一下增加到了十二口，由此造成的摩擦导致通奸，按照那些正派女士愤慨的描述，造成了“一个年轻女子去勾引足可当她祖父的男人”的事件。这家人特意组织了一次不那么正经八百的会议，议题关于“家庭生活的堕落”、“不道德”和“性放纵”。当然这是一出喜剧。不然的话就很悲哀。不然的话，就像我已提到的，这事情值得称道。因为这是一种信号，表明“日常生活”可悲的生命力最终战胜了事件的混乱、无序和邪恶。

有关那些数不清的公民团体，我们知道的就是它们出于你能想到的任何道德或社会目的，自始至终存在着。它们的目的有：在货币正让位于物物交换的时候提高养老金；向上学的孩子供应维生素片；向出不了门的残疾人提供探视服务；让弃儿得到规范、合法的收养；禁止对任何暴力或“令人不快”的事件进行报道，以免这样的东西“侵蚀年轻人的头脑”；当流氓团伙在街上经过时，对他们进行劝阻，或者给他们一顿鞭子；到街上巡视，规劝人们“回归体面的性习惯”；一致同意不吃猫肉和狗肉，等等等等——真的是没完没了。简直是闹剧。分裂的民众犹如一群乌合之众，站在镜子前涂脂抹粉或正领带，自己房屋毁了也不闻不问；毫不提防地伸出助人为乐的手，如同国王和野蛮人握手，对方当然会弯下身子将你的手好好咬上一口……这些比喻涌上心头。当时各种比喻真可谓层出不穷，不用说，谈话时比喻是我们的开心果，职业喜剧演员最擅长运用比喻。

处于这样的氛围里，在出现上述情况的时代中，发生下面的事情实在不足为奇：一个不认识的男人带了一个孩子到我家里，说我要对她担起责任，然后就离开了，再没别的话。

艾米莉终于从她的卧室出来了。她换了衣服，脸上留着痛苦的泪水淌过的痕迹。她说："房间对我和雨果来说有点小，但一点都没关系。"

我看见她的身旁有一条狗，不是一只猫。它是什么？反正是一只动物，有斗牛犬的个头儿，体形更像一条狗而不是一只猫，但它的脸则是猫的脸。

狗是黄色的。它的皮毛粗糙、坚硬。它长着猫的眼睛和胡须。它有一条鞭子似的长尾巴。一只模样丑陋的动物，名叫雨果。艾米莉小心地在壁炉对面的深色旧沙发上坐下，那条狗也跟着起身，坐在了沙发上，尽可能地靠近她。她用胳膊搂着它。她抬头看我，旁边就是那条狗的猫脸。她和它都在看我，雨果的眼睛发绿，而艾米莉淡褐色的眼睛很敏锐，充满戒备。

她是个大孩子，大约十二岁。她真的不是孩子了，这个半大的孩子不久就要长成姑娘了。她会出落得挺漂亮，至少模样端正。体形很好看，手脚都不大，四肢匀称，肤色因健康和日晒呈棕色。头发又黑又直，从一边分开，用发卡固定住。

我们交谈。更准确地说，我们东一句西一句互相说些简短的话，两人都等着话题的变换，使我们转向谈起来更容易的方面。她静静坐在那儿时，那沉思的幽暗目光、可能很具幽默感的嘴唇和富有耐心的专注神情，让我觉得她似乎是个非常讨我喜欢的人。可随后，正当我确信她将要对我的努力作出相应回报，正为她的潜能感到高兴时，活跃的、好自我表现的小“妇人”形象苏醒过来——她的形象包含了一些过时的东西，过去的世界对她正合适。换言之，也许这是别人希望她成为的样子？

她喋喋不休地说：“我饿坏了，雨果也是。可怜的雨果。今天它还没吃过东西呢。说实话，我也没吃东西。”

我说了几句道歉的话，赶紧跑出去，到商店去买我能为雨果找到的猫食或狗食。我花了不少时间才找到一家还有这类存货的商店。我成了这家商店店员（一个喜爱动物的人）感兴趣的对象，他称赞我在这样的时候还要维护自己养育“宠物”的权利。我也引起店里寥寥无几的其他顾客的注意，当有人问我住在哪儿时，我谨慎地没有回答。回家时我故意绕个弯子，以便弄清楚我是否被跟踪了。一路上我去了好几家商店，去寻找我通常不会费心去买的东西，这些东西很难找，而且价钱很贵。但最后我还是买到了一些档次不低的饼干和糖果——我能想到的孩子喜欢的食品。我有许多苹果干和梨干，必需的食品也有不少储备。等我终于回到家时，她已经在沙发上睡着了，雨果在她身边也睡着了。它那张黄脸靠在她肩上，她的胳膊搂着它的脖子。旁边地板上放着她的小行李箱，又轻又薄，就像儿童去度周末时提的箱子。箱子里有几件叠放整齐的外套、一件运动衫和一条牛仔裤。这些似乎就是她拥有的全部衣服了。里面若放上一只玩具熊或洋娃娃，我不会感到吃惊。箱子里没有《圣经》，有的是一本有关动物的摄影画册和几本平装的科幻小说。

我尽自己所能给她和雨果做了一顿合口味的午餐。要叫醒这两位可费劲了，他们在摆脱了长时间的精神紧张之后，都处于疲惫不堪的状态。虽说时间还是半下午，但这两位一吃完就又想去睡觉了。

艾米莉就这样留在了我的身边。

最初几天她睡了又睡。因为这种情况，也因为她无条件的顺从，我不自觉地以为她比我先前以为的要小。知道她睡着了，我就不出声地坐在客厅里等着，身边有小孩子的人都会这样。我为她缝补衣服，洗熨。但大多数时间，我坐下来看着那面墙等着。正像那面墙将要自动开启，我免不了要想身边有个孩子会是很麻烦的事，而事实上，她和她的狗在我的生活中已是客观存在。这让我产生了内疚。好久都未领略的各种情感又在我身上复苏了，我只是盼着穿过墙壁再也不回来。可这样做缺乏责任感，意味着我对自己承担的义务不管不顾。

艾米莉到来后的第二天或第三天，我穿过了那面墙。我把那边的门都打开，一直走到长长过道的拐角，去寻找另一间或另一套房间。那里空无一人。尽管我强烈感觉有人在那里，我甚至不时迅速回头，仿佛有人会在我转身的刹那间，正如我所期待的从墙的后面走出来，但我没见到任何人。空无一人，却有人居住。空无一人，却陈设完备……我在那里游荡，在高大的白墙之间，从一个房间到另一个房间，我看到那个地方已摆满了家具。我认识这些长沙发、这些椅子。可我为什么会认识？它们在我的一生中，从什么时候开始存在？它们不合我的口味。但它们似乎曾属于我，或者属于某个关系亲密的朋友。

起居室里挂着淡粉红的窗帘，灰色地毯上有雅致的粉色和绿色花卉，房间里有不少桌子和柜子。长沙发和椅子上盖着织锦，适当的位置都搁着柔软的靠垫。这房间里的陈设太中规中矩、自以为是，我不可能拥有过这些东西。可我又熟悉房间里的每样东西。我在那里面走动，心里渐渐充满了懊恼、失望的情绪。我看到的每样东西都得替换、修补或清洗了，不是残缺不全就是陈旧不堪。每把椅子都需要换罩子，因为旧罩子已经磨损。长沙发蒙上了厚厚的灰尘。窗帘上有了细小的裂缝，缀上的粗糙布片生了蛀虫，留下许多蛀出的小洞。地毯都露出了线头。其他房间的情况也差不多，这种感觉就如同东西正从我笨拙、僵硬的手指间溜走。我不停地对自己说：这个地方需要好好清理一下。它应该腾空，摆放在里面的东西都应该付之一炬或扔掉了事。空房间要比这假充上流的破败和毫无价值的摆设好得多。一个房间接着一个房间，没完没了的房间，这活儿干起来也是没完没了。现在我寻找着那个有粉刷工的梯子、隐约有一个穿工作服身影的空房间：要是我能看到那个房间，就说明活儿已经开始做了。可是没有空房间，每个房间都塞满了东西，等着处理。

人们一定以为我把全部精力都投入到了这个隐藏起来的地

方。一次过后，我好些日子都不想它。不管在一瞬间以何种形式，意识到它的存在也好，进到它里边也好，这样的瞬间越来越频繁地闪进闪出我的日常生活。可我也会在几天里忘掉它的存在。当我确实穿越那面墙时，其他的一切似乎都不存在。连我生活中新近冒出来的、挺严重的当务之急——艾米莉和她带来的动物，也溜出了我的意识，离得十分遥远，成了我不怎么关心的另一种疏远生活的组成部分。要我描述那时候的情形还真够难的：现在回想起来仿佛有两种生活方式、两种生命、两个世界，它们并排共存，彼此紧密相连。可在当时，一种生活排斥另一种生活，我从不奢望这两个世界能彼此接通，我一点都没想到它们能那样，我会说那是不可能的事。特别是此时，艾米莉已经存在，特别是此时，那么多问题都是由她跟我一起生活引起的。

主要问题是：她这么无条件地有求必应，唯命是从。这种情况持续了一段时间。我早晨起床时，她已经起床，穿着她那些整洁的儿童外套中的一件。她的这些衣服都是给好孩子穿的，当妈妈的总是要让孩子们衣着体面，甚至出众。她的头发梳过了，牙也刷过了。她和雨果一起，在客厅里等着我，一见我来就开始说话，对我说这个说那个：她睡得多么好，她做了什么梦，或她有了怎样逗人、傻气、有意义的想法——所有这些话都抢在我提出要求或批评之前，以急急忙忙的，几乎可以说是狂乱的方式说出。然后，她开始说早餐：她多么喜欢做早餐呀，哦，她实在喜欢得不行，拜托了，让她做吧，因为她真的是手巧能干。于是，她和我走进厨房，那条狗跟在我们后面，我和雨果坐着看她准备早餐。而她也确实做得干净、利落。然后，无论我们吃什么，雨果总是把头抬到艾米莉腰那么高的地方，目光平静地看看她，看看我，看看我们的手和脸。而当我们递给它一点食物时，它会猫一般灵巧地接过去。接着，她提出要洗碗。“不，不，我喜欢洗洗刷刷，别人不会相信，可我真的喜欢干这个！”她洗完了，又收拾厨房。她的卧室已经收拾过了，但她的床很凌乱，总是毯子、枕头乱糟糟的一堆——一个窝或子宫。我从不为此责骂她，恰恰相反，我倒是挺高兴她有了一个感觉属于自己的地方，在这里，她能够逃避总要表现活泼、得体的苛刻要求。有时候在白天，她出乎意料地去了她的房间——突然发生的，仿佛有什么让她受不了了。她关上门，我知道她接着就爬进床上那堆凌乱的东西里，躺在那里，然后恢复常态……可为什么呢？在客厅里，她坐在那张旧沙发上，两腿蜷曲，这种姿势可能正是人们期望看到的，显得非常顺从。她看着我，好像在期待我下指令或提要求，要不她就读书。她读书的趣味显现出成人化。看她在那里读她自己选的书，就会觉得她那欢快的儿童做派很不真实，简直就像是她在故意羞辱我。她也会搂住她那条黄狗坐着。狗舔她的手，把脸贴在她胳膊上，发出快乐的咕噜声，这咕噜声在我整套公寓的各个房间里回荡。

她曾是某种意义上的囚犯？

我没有问。我从来没有，一次也没有问过她问题。她也不主动提供情况。认识到她举止的可能的原因，我为她感到心痛；而就在我真的相当仁慈、荒唐地怜悯她的同时，我也陷入一种强烈的气恼情绪，因为我始终（哪怕是一瞬间）都无力突破她设下的防线。她就在那儿，这个庄重、严肃的小女孩，穿着体面的童装，表现出孤僻孩子的各种特征，自我意识极强，又时时察言观色，神气说变就变，喋喋不休地说话，非常“讨人喜欢”，向我施展些雕虫小技来作为回报——可回报什么呢？我可不觉得自己是那么难对付的人。我差不多感觉自己无权独自存在。对她来说，我是接班充当她父母、父母中的一方、监护人、养父母的人。当我们离开这里时，我可能会把她移交给别人？那个将她交给我照看的男人会把她接回去吗？她的父母会登门吗？她不走的话，我跟她在一起该怎么办？当我开始往北或往西迁移，加入那从国家南部和东部而来的人口大流动，我将转入一种什么状况？过什么样的生活？我说不清楚。可我以前从未设想过身边会跟着一个孩子，从未预见到会担起这样一种责任……再说，她来这儿仅仅几天，样子就已经有所改变。她的乳房正在成形，把她那小女孩穿的紧身胸衣撑得鼓鼓的。她脸上有一对吸引人的黑眼睛，这张圆脸不用多大改变就可以成为年轻姑娘的脸。“小女孩”是一回事，“年轻姑娘”就是另一回事了，尤其是在这样的年月。

当我说到另一个令我担忧的情况——她太懒散时，这听起来颇为矛盾。在我的公寓里当然没多少事可做，她把对他人评头论足作为消遣：她做得得心应手、郑重其事。显然，她很擅长以此“逗人开心”。在这方面我又不知该如何应对，因为她的评语明显要超出一个小女孩本应具有的洞察力。也许是我跟不上时代了，也许这是这种时候必须预料到的。如今的孩子什么样的紧张和压力不能承受，不能化解？

怀特教授走出门厅，下了台阶，这时他会停住脚步，几乎以军人的姿态仔细审视大街上的动静：走过来的是谁！然后他安心了，站立片刻：你肯定会想象他戴上了一副手套，整了整帽子。他身材瘦小，还不到四十岁就当上了教授；这个细心、苍白的人，生活中的所有细节都安排妥当。每当艾米莉看到他时，她脸上都会泛起微笑，这是一丝挖苦的微笑，仿佛在心里说：我抓住你了，你别想溜掉！与她相伴的狗竖起黄耳朵，她的声音从黄耳朵上面发出："他好像正在戴手套！"（不错，这是她的观察。）接着她说："他一定情绪很坏！"

"为什么？你为什么这么想？"

"您问为什么？当然，他这人表现得这么克制，从上到下都这么整洁得体，他必须得有个宣泄的地方。"有一回，她说："要是他有个情妇……"——这个陈旧的词是经过考虑才说出来的，是角色的需要——"那这个女人一定名声很坏，要么这个女人本来就可怕，要么他必须把她想成可怕的，要么即便他自己没这么想，其他人也必须这么想。因为他必须感觉很邪恶，您不这么看吗？"唉，她当然说得没错。

我发现自己在找各种理由坐在那里，听她会说出什么话。但我也不愿一而再，再而三地看着她以精辟犀利的剖析跟别人过不去。

关于年龄与她相仿的珍妮特，她是这么说的："她会浪费生命去寻找某个像她爸爸的人，可她哪儿找得到这样的人呀。我的意思是现在这时候，这样的人不会存在。"当然她指的是社会秩序的普遍崩溃状态，这种时候不适宜制造衬衫一尘不染、心怀非分的隐秘激情的教授。既然体面本身已被判了死刑，他那隐秘的需求就必须在毁损荣誉中得到满足。怀特教授被她称为“坏兔先生”。教授的女儿被她叫作“老爸乖乖女”：她这么做的用意当然是出于自我表述的需要：“到底还有什么呢？”当我提出她跟珍妮特交个朋友会很不错时，她反问：“什么？我跟她？”

一天里的大多数时间，她就这么懒洋洋地坐在一把大椅子上。她特意把椅子搬到窗下，把自己打扮起来。你简直都以为她丰满、匀称的腿上会套上白袜子，头发系上蝴蝶结。但你真正看到的样子却不太一样。她穿着牛仔裤和那天早晨她自己熨过的衬衫，衬衫最上面的两颗纽扣是解开的。她的头发现在从中间分开。她一下子就变成了小美女，是的，她已经是小美女了。

仿佛认识到往前跨出这一步就意味着走进易受伤害的地带，现在她把最刻薄或最友善的评语都给了路过这里的男孩：她认为这个男孩的走路姿势表明他把握不了自己；那个男孩衣着恶俗；另一个皮肤不好，或者头发乱蓬蓬的。这些没有吸引力可言的邋遢家伙代表了一种力量，你无法躲避，必须面对，就像女孩处于过分强烈的音乐节奏中会发出恐慌的尖叫。

她的准确判断令人畏惧。她使我心情沉重——哦，有许多理由，我自己的过去就是理由之一。不过她没有怀疑到这一点，她真的相信（她那欢快举止和看着我的自信目光表明了这点）像通常所说，她“付出她应承担的”，而此时则付出她的明察。不吞食掉那些从面前走过的人，好好进行一番咀嚼回味，她简直就不能放人过去，比如：这个聪明孩子谁也骗不了他，他也别想骗得了她；他这种表现曾受到赞许，是被教出来的。

不过有一次我走进客厅时，看到她正隔着窗户和珍妮特说话：她庄重、温和，显然很真诚。假如她不喜欢珍妮特·怀特，就是想要珍妮特·怀特喜欢她。两个女孩一再许诺要一起冒险去市场购物、走访亲友和外出散步。等到珍妮特因从艾米莉那里感受了温暖而微笑着走开，艾米莉说：“她听到她父母谈论我了，现在她要去汇报了。”当然正如她所说。

问题在于不管是谁，只要接近她，进入她的视野，她都会感到对方是一个威胁。不管她感受到了什么，反正是感受给她“定了位”。我发现自己正试着从她的角度着想，试着换成她的身份，去理解人们走过和再度走过时，都要遭受她的刻薄描画是怎么回事。她有这种评头论足——保护自己的需要。我发现自己倾向于这样的结论：这只是每个人都会做的，我也会做，只不过在她身上这种倾向被放大了，释放了出来，显得很夸张罢了。当有陌生人接近我们时，我们当然得保持警觉。我们掂量这个人的分量，各种评估、检测手段以难以置信的速度进行，给这个人准确定位，最后在心中默默作出判断：好，我接受这个人；不，我们没有共同点；不，他或她，是个威胁……小心啊！危险！诸如此类。可直到艾米莉的评头论足才使这种倾向凸显出来，我才认清我们都是什么样的人。要接纳一个男人、一个女人或一个孩子，我们每个人不对来人进行防御性的检测，将其诉诸快速、苛刻和冷漠的分析，实在不可能。但这种反应如此敏捷，已经成为习惯（可能最早是父母教会的），以至于我们自己都说不清究竟在多大程度上受它支配。

“瞧她走路的样子，”艾米莉会这么说，“瞧那个胖胖的老女人。”（当然这个女人不见得那么老，约莫四十五或五十岁，甚至可能才三十岁！）“她年轻时，人们都说她走路很性感——‘你扭起来多性感啊，哦，你真是迷人的尤物！’”艾米莉模仿起来非常逼真，所以也分外让人胆寒。那个女人住在上面一层，她丈夫以前是证券经纪人，现在成了垃圾贩子；她的嘴、眼睛和臀部都能耍出风情万种的小花招。这便是艾米莉从她身上看到的，大家首先在她身上注意到的肯定也是这个，可大多数人可能会被她耍的花招蒙蔽。听艾米莉给人下评语，免不了会感觉一个人的整个存在和自我感觉都降格了，枯竭了。这是对一个人生命力的攻击——听她的评语，会使人意识到我们每个人生命的内在局限。

我提到她可能想去上学，而当我与她嘲弄的目光遭遇时，便赶紧加上一句：“找点事情做。”她的这种目光未经掩饰，是她真实的反应。因此我捕捉着这有时令我很想见到的瞬间目光：通过这一瞥了解她对我怎么想，怎么看待我——认识她的忍耐限度。

她问：“可这么做意义何在？”

这么做意义何在？大多数学校都已放弃教学的功能了，至少对较贫穷的人们来说，学校已成为军队的附设单位，充当对民众保持控制的机构。仍有一些学校为特权阶层、行政官员和监督专员的子女而设。珍妮特·怀特就在其中一所就读。可要是提出送艾米莉去这类学校，我想她会忍受不了，即便我能给她找到上学的地方。倒不是因为那里的教学不好。与这不相干。这种建议换来嘲弄的目光，是罪有应得。

“我同意，这没有多大意义。但我想无论如何我们也不会在这里待多久了。”

“那么您觉得您要去哪儿？”

我的心都要碎了。她的孤独无助从未显露得如此充分，她已经以试探性的，甚至是柔弱的语气（就像她无权询问，就像她无权得到我的照看）说出：我将来不会再保护她了。

冲动之下，我谈到自己的打算时比我实际感觉的更为确定。实际上，我经常怀疑在北威尔士是否有某个我认识的家庭会接受我避难。他们是善良的农民，不错，这恰恰就是我有关他们的幻想的依据。在那些日子里，“善良的农民”在许许多多人的内心体现了安全、庇护和乌托邦。可我确实认识玛丽和乔治·多盖利夫妇，我对他们的农场很熟悉，曾去过他们夏季开放的客舍。要是我去那儿，也许会住上一阵子？我挺能干活的，喜欢过简朴生活，我能离开城市在他们中间过得很舒坦……当然这个时代数量可观的人都具有我这样的能力和条件，特别是年轻人，他们越发倾向于有什么活就干什么活。很难说会受到多盖利夫妇真诚的欢迎。但至少我相信，他们不会把我当负担。那么，他们会怎么看待一个孩子呢？更准确地说是一个姑娘。他们会怎么看待一个颇具吸引力和挑战性的姑娘？不过，他们自己也有孩子呀……你可以看到我的想法相当保守，没什么创造性。我对艾米莉说了上述的话。她听着听着，那有点愁闷的目光渐渐变得愉悦。但这种愉悦隐藏在彬彬有礼的态度后面——我还不能让自己相信这是情感的表现。她知道我的幻想为何产生，但她像我一样欣赏那些幻想的内容。她请我描绘那个农场。我曾在那里住过一个星期，在荒野上露营，紫色的山崖上有几股银色的泉水潺潺流着。我每天早晨提着一个罐子去向玛丽和乔治要新鲜牛奶，同时买一个他们自制的长面包。淳朴、快乐的田园生活。我大加发挥，增添了许多细节。我们将住在客舍里，艾米莉可以去“帮忙养鸡”——这可是儿童故事的手法。我们可以在客舍的木头长桌上吃饭。那里有一只老式的壁炉。炖菜和汤可以用那炉子慢慢地做，做出美味的菜肴，而且我们想吃多少就吃多少……不，这可不现实，但我们所需要的可以得到满足，地道的面包、地道的奶酪、新鲜蔬菜，也许有时候甚至能吃到一点上好的肉。会有成束的香草挂在那里晾干，散发着香气。女孩一字不落地听着，我的目光一直没有离开她的脸。她脸上时而露出机敏、有点尖刻的微笑，时而又显示出想替我掩饰的需要，掩饰我的缺乏经验和丧失庇护！比起旁的，更为强烈的是她自己没有意识到的东西，要是她知道，当然会毁掉这一切正在暴露她弱点的证据。比起讨好、收买我需要的花招和可悲的顺从，更强烈的莫过于一种渴望，一种需要，一种使她的脸丢失坚硬的欢快，她的眼睛解除防御的纯粹的东西。她为渴求而激情洋溢。渴求什么？要找到答案可不那么容易，绝不可能轻而易举！然而我认出了它，感悟到了它，谈论威尔士山地的农场是将它引出来的一种方式，使它闪亮显现。刚才谈到了地道的面包、来自一口深井的洁净的水、新鲜蔬菜，还有爱、友善和一个家庭给予的充分庇护。所以我们谈论起农场，她和我共同的将来就像处于神话故事之中，我们两人在里面手挽着手一起散步。那时候，“生活”将以它应该有的样子开始，和对地球上每个人都许诺过的一样——谁许诺的？在何时何地许诺？

实际上没过几天，那种田园生活就突然告终了。一个暖和的下午，我往窗外看，见街对面人行道的梧桐树下有六十来个年轻人，看得出来，这些旅行者结成一帮，正在穿过这个城市。要确认这一点并不总是那么容易，除非是这么大的一帮人。假如你看见的是从一大群人中分离出的两三个、三四个人，你可能想他们是仍旧留在我们城市里的学生，尽管这个时候留下的学生并不多，也可能是普通人的子女。但看他们聚在一起，就不会搞错了。为什么？不仅仅是因为在那些日子里，这么多的年轻人聚在一起不可能有别的解释，更重要的是，他们放弃了个性、个人判断和责任。这在许多方面都表现出来，尤其是当你与他们相遇时会神经过敏，因为你知道存在着对抗而少不了怀着强烈的恐惧。一旦出现了对抗，起支配作用的就只有他们的帮派意识了。他们个人没法长久地孤立存在，这个群体就是他们的家，他们确认自身归属的地方。他们就像一群聚在停车场或什么废弃场所的狗。那只温柔的狗的主人是女总管，女总管明智的蓬松发式是为了预防这宠物身上的坏兆头在她自己身上出现——那只狗长着老妇人似的显露粉红色头皮的稀薄卷毛，不过这身皮毛已用家里自织的红毛衣遮掩住了。大个儿的阿富汗猎犬每天被迫巡游四十英里（它自己可不计数），然后被关进小园子中它的小屋。有一条由幸存的狗生出的杂种狗。西班牙猎犬具有猎狗的天性。这些狗都是各个家庭可人意的伙伴。它们的名字：托高、本佐、弗拉夫和“独狼”。它们通过彼此嗅屁股来确立上下地位，结成一帮，形成一个群体……当然，这段描述对任何地方任何年龄的人群同样适用，即便是在人们的角色尚未确定的收容所里也如此。“孩子帮”只是向大人们演示的一种方式而已，大人们不久就会照着做；“年轻群体”中几乎总有年龄大的人，而且年龄大的人日益增多，甚至其中还有家庭，但“年轻群体”这个名称仍保留着。人们是这么谈论那些迁移的人群的，“迁移的人群”这个说法至少在全体民众都投入迁移之前，用起来还非常恰当。

在这个下午，那些年轻人头顶有浓密的树荫，阳光非常灿烂；正是九月，天气还挺暖和。那群人在人行道上安顿下来，生起一大堆火，还将他们带的东西堆放在一起，两个小伙子手持粗棍棒在旁边站岗。事情总是这个样子——这时候整个地区都空荡荡了。根本看不到警察，当局应付不了这种情况，也就什么也不做了，他们乐于看到这些人群向其他地方开拔，由他们引起的麻烦将会自动消失。在几英里的区域内，楼房底层的窗户都紧闭，窗帘都拉上，但在周围街区较高楼层的窗口，却都挤着好几张脸往外看。年轻人三三两两地站在火堆周围，有的情侣互相搂抱着。有个女孩在弹吉他。烤肉的烟气很浓烈，简直令人作呕。我问自己雨果是否安全。我还是没法喜欢这条狗，但我担心艾米莉的安全。这时，我发现她既没在客厅，也没在厨房。我去敲她卧室的门，把门打开：那堆乱糟糟的被褥、她钻进去躲避世界的窝还在，可她不在房间里，雨果也不在。我想起刚才在那群年轻人中，有一个穿紧身牛仔裤和粉红衬衫的女孩模样很像艾米莉。刚才看到的确实是艾米莉，现在我从窗口看出去，她就站在火堆旁，笑着，手里拿着一个酒瓶，她成了这帮人、这个群体、这支队伍、这个团伙中的一员。那只黄狗紧贴着她的两腿站立，吓得直哆嗦。刚才它被人群挡住了。我看到艾米莉在喊叫，在和人争吵。她退后一步，手按在雨果头上。她慢慢往后退，然后转身快跑，那只狗蹦蹦跳跳跟着她。即使仅看到这条狗一瞬间的表现，我也可悲地想到它原有的气力、能力和活动空间，这一切如今都在容纳它生命和行动的狭小房间里，退化到虚弱无力。那帮年轻人爆发出一阵沙哑的大笑，这证明他们刚才在拿她的雨果开玩笑。他们并不是真的想要杀死它，他们假装要这么做，而她相信了。这一切都表明他们并未把她看作他们中的一员，连可能的一员都算不上。但他们中也有和她年龄一样小的孩子。她可不是以孩子的身份挑战他们的，她必定是以一个姑娘的身份，准确地说是以和姑娘同等的身份去这么做的，可他们并不接受这样的挑战。正当这一切在我头脑里盘旋的时候，她走进了客厅，脸色苍白、身体颤抖，一副吓坏了的样子。她坐到地板上，伸出手臂紧紧搂住雨果，来回摇了摇，对它说着，唱着，呜咽着："哦，不，不，不，亲爱的雨果，我不会，我不能，我不会让他们那么做，别这么惊慌呀。"因为它像她那样瑟瑟发抖。它把头靠在她肩膀上，这种时候，她和雨果都采用同样的方式相互安慰。

可当她意识到我已经亲眼看到她的挑战遭成年群体拒绝时，她的脸变得绯红，显出恼怒的神情。她将雨果推开，站了起来，竭力想控制自己的表情。她露出微笑，神情变得冷漠，然后笑道："他们真的很可笑，我不明白人们为何要把自己说得这么令人恶心。"她走到窗前，看那些人拿着酒瓶，仰起脖子往嘴里灌，大块的食物在他们中间传递，他们共享着饭食。艾米莉显得闷闷不乐：也许她更加害怕了，心里纳闷自己怎么会跑出去跟他们接触。不过我们每个人——窗户后面数以百计的人都明白，在看那些人的同时，我们都在自问我们将会如何，都在揣度我们的未来。

过了一会儿，艾米莉没朝我看一眼，就把雨果推进她的卧室，关上了门。然后，她跑出公寓，又穿过马路到对面去了。此时，火光在灼烤着的树木下面形成一个紧缩的明亮空间。所有低层的窗户都漆黑一片，映照着火焰，或反射着两座公寓楼之间那半圆月亮的阴冷微光。上面楼层的窗户里，各种各样、或明或暗的灯光勾勒出拥挤在一起的人头。不过有几个普通市民已经来到了年轻人之中，好奇地打听他们从哪儿来，到哪儿去。艾米莉不是唯一的一个。我必须承认自己也不止一次在夜晚去过一个营地。但不是在城市的这个区域，我对邻居怀有顾虑，怕被他们谴责。当时我也看到过几张这一带熟悉的脸——我们大家都在做同样的事，都做着同样的盘算。

只要艾米莉行为适度，我倒不担心她会遇到什么情况。假如她把握不住自己，我打算跑到马路对面去救她。我整夜都在监视。有时我能看到她，有时则不能。她大多数时间都与那些人中最年轻的一群男孩在一起。她是唯一的女孩，举止很傻气，挑战他们，表现自己。但他们都醉醺醺的，她只是他们喝醉的许多因素之一。

有些人躺在人行道上睡了，他们把头枕在团成一堆的运动衫上或用前臂垫在头下。别人走来走去，他们却满不在乎地睡着了。他们相信不会被踩到，相信会受到保护，这种满不在乎的睡态把这些年轻人吃苦耐劳的精神和他们彼此间的信任表现得淋漓尽致。但大家都睡觉可不是计划中的事。篝火的火势渐渐弱下去。不久，天就要亮了。我看见他们都集合起来准备出发。有半个钟头我情绪焦虑，怀疑艾米莉会跟他们一起离开。可在几个拥抱、几句大声的下流玩笑之后——活像一支军团要开拔时士兵与妓女之间的拥抱和打情骂俏，她在人行道上跟着他们跑了几米，然后就慢慢往回跑了，不，不是跑回到我身边，我心里再清楚不过了，而是跑回到雨果身边。她跑进来时，走廊里的灯光刚好照亮她的脸，在那一瞬间我看到了一张孤独悲伤的脸，完全不是孩子的神情。可当她到了客厅，立即戴上了面具。“真是个讨人喜欢的夜晚。”她说道。我先前也没说什么，现在还是不开口。“我觉得，除了那些食人族，他们人很不错。”她说着，夸张地打了个哈欠。

“那么他们吃人吗？”

“哦，我没问，不过我想他们做得出来，您不这么想吗？”她打开她小房间的门，雨果跑了出来，它那发绿的眼睛盯着她的脸看。她对它说：“没出什么问题，我没有做任何不该做的事情，我向你保证。”说完这不愉快的话，带着有点僵硬的笑容，在跑开之前，她转过头来对我说：“这些日子，我会做出比出去跟他们待在一起更坏的事情，我就是这么想的。至少，他们过得快活。”

说真的，我更想把这一声“晚安”换成平时其他的“晚安”。平时晚上十点，她会喊道：“啊，到上床的时间了，我要去睡了。”我们之间悬着一个尽职尽责的道“晚安”的吻——一个幽灵，如同怀特教授那看不见的白手套。

事情发生在初秋时节，每天都有新到的团伙经过这里。日复一日，艾米莉跟他们在一起。她没问我是否可以这样。我也不打算禁止她这么做，因为我知道她不会听从我。我没有权威。她不是我的孩子。我们避免对抗。只要对面人行道上聚集了人群，营火燃起来，她就会去那里。有两回她喝得烂醉，有一次她衬衫撕破了，脖子上有被咬的痕迹。她说：“我猜您以为我已经失了身。可我并没有，尽管我承认也就差一点点。”随后，她冷冰冰地加了一句作为结语：“我想这有什么关系呢？”

“我觉得大有关系。”我说。

“啊，您这么想吗？那么我想您是个乐观主义者。是那样的人。雨果，你怎么想？”

接二连三到来的漫游群体终于走到了头。路两边的人行道因那么多个夜晚都有营火燃烧，变得黑漆漆的，都开裂了。梧桐树叶了无生气地垂挂着，已被烤得干枯。地上到处扔着骨头、小块毛皮和碎玻璃，后面废弃的空地经肆意践踏，已污秽不堪。现在警方出来取证了，忙着记录和询问证人。清洁工也来干活了。人行道又恢复了正常状态。一切都暂时回到正常状态，楼房底层的窗户夜里又有了灯光。

大概就是这个时候，我开始领悟到人行道上发生的情况、我与艾米莉之间的事情，可能与我去墙背后看到的情景有着某种联系。

这些高大、肃穆的白墙犹如舞台上临时搭起的布景，穿越它们之后，我感觉真正的住户就在那里，那人没有离开过，就在下一堵墙的背后。为了看看下一扇打开的门或再后面的门，我走进了一个很长的穹顶很深的房间，它曾是个美丽的房间，我认识它，我熟悉它。（可在哪儿见过呢？）它此时凌乱不堪，让我感到恶心，感到害怕。这个地方活像野蛮人光临过，仿佛军队在这里宿营过。座椅和沙发都被人故意用刺刀或刀子砍损、戳破，填充物到处裸露，锦缎窗帘被抽去了铜杆堆在那。房间可能曾用来开肉铺，地上留有羽毛、血迹，还有小块的内脏。我开始打扫房间。我干着活，用了许多桶热水，擦洗、修补。我打开朝向一个十八世纪风格花园的高大窗户，低矮的树篱间，树木都修剪成方形。阳光和清风由打开的窗户进入，涤荡整个房间。我始终就一个人在那里，但并不感觉是一个人。然后，清洗工作做完了。陈旧的沙发和座椅竖着，都修补、清洗过了。窗帘堆起来留给了清洁工。我长时间地在房间里走来走去，这房间大得足够让人踱步了。我站在窗前看外面的蜀葵、大马士革蔷薇、气味浓烈的薰衣草、玫瑰、迷迭香，还有马鞭草，察觉到回忆袭击了我，有的大声宣扬，有的默默暗示。一部分来自我的“真实”生活，因为絮絮叨叨纠缠我的是营火燃烧、树木焦黄的人行道情景，该情景与这个房间的实质和要义不可分割。但也有关于这个房间本身的怀旧情绪在牵扯我，那里的生活，在我离开时还将继续。至于那个花园，它的每个拐弯处和小角落，我都熟悉到刻骨铭心。尤其是，房间的住户可能就在附近某个地方盯着我看。等我离开之后，那个住户会走进来，对我的清理工作点头赞许，然后可能走到花园里去散步。

接下去我看到的情景出现在一个非常不同的背景里，最重要的是处于不同氛围。这在“个人的”体验中至关重要。我从一开始就对这些体验使用了“个人的”这个词。我一进入其中，不管什么场景，这种氛围总那么清楚明白，不会弄错。在非“个人的”场景与“个人的”场景之间存在着一个世界。非“个人的”场景的感觉、特征或情绪，举个例子来说，就像一个狭长、安静的房间经受了劫掠或其他什么异常。不管多么疲劳、艰难或消沉，我看到在这种或那种场景中——就是非“个人的”场景与“个人的”场景之间，存在着一个世界。两种场景——“个人的”（尽管对我并非必不可少）和非“个人的”，存在于相当不同的彼此分隔的领域。“个人的”场景，人当即就能从外观认出它，外观是它的囚室；从情感认出它，情感是它的创造物。而非“个人的”场景可能带给人沮丧情绪或必须解决的问题，就像重新粉刷墙壁和修理家具，进行清洗，给一片混乱恢复秩序——但在这个领域有光明、自由和存在可能的感觉。不错，就是这个意思，存在选择行动可能性的空间和认识。你可以拒绝清扫房间、洗刷地面，你完全可以走进另一个房间，选择另一个场景。但走进“个人的”就是走进了一个囚室，那里什么都不会发生，只是你看到发生了，那里的气氛密不透风、受到局限，尤其在那里，时间是苛刻的不可改变的法律。哦，上帝呀，它没完没了地延续，每分钟都是判定的，因为没法逃避，只有一分钟接着一分钟缓慢地消逝。

又是一个高高的房间，不过这一次是正方形的，不那么雅致。房间的窗户又高又大，挂着深红色天鹅绒窗帘。房间里生着火，火前面是坚固的壁炉栏，就像一个钢丝食物罩。上面晾着许多厚或薄的尿布，是那种老式的婴儿尿布。还晾着小背心、护肚带、长短衣服、罩袍、外衣和小袜子。这爱德华时代[1]全套的新生婴儿用品，散发着虽没有烤焦但也差不多烤焦的怪味，不透气的衣料加热后的味道。房间里有一架玩具木马和几本字母书。一个带薄纱荷叶边的摇篮，蓝、绿色的细碎小花出现在荷叶边的白底上……我意识到白色在这里是多么突出，因为什么都是白的，白的衣服，摇床、摇篮、床罩、毯子、被单和筐子都一片白。房间刷成白色。一只白色小钟在购物目录上会被称作“育婴室用钟”。白色的。这只钟嘀嗒响着，柔和、细碎，却连绵不断。

有个小女孩，四岁左右，坐在炉前地毯上，那些衣服晾在她和火之间。她身穿深蓝色天鹅绒连衣裙。黑发从一边分开，系了宽宽的白色缎带。她那一对淡褐色的眼睛非常庄重，带有超出年龄的戒备眼神。床上躺着一个婴儿，包裹起来准备睡觉。婴儿在咯咯地笑。一个保姆或女佣俯身对着婴儿，我只能看到

1. 英王爱德华七世在位时期（1901—1910年）。

她宽阔的白色后背。那小女孩盯着弯腰对她弟弟表示爱意的保姆，她的眼神足以说明一切。但事情并未到此为止。另一个特别高大、强壮的身影进入了房间：她是一个蓄满了冷酷能量的人，也俯身对着那婴儿。两个女人协力于一个表示爱意的仪式，那婴儿扭着身子应和着，嘴里发出细柔的声音。小女孩在旁边看着。她周围的一切都硕大、过分：房间这么高大，这么热，两个女人这么高，这么壮，这么讨厌，房间里的陈设这么令人胆寒，让人无法忍受，那只钟轻柔地催促大家该做什么了，每个人都听从它，向它请教，不停地把目光投向它。

受邀进入这个场景就将被孩子的空间感同化，我以小孩子可能有的眼光看待它——那是硕大无比的，但同时我又保持着自己的认识，那是渺小出奇的——因为琐碎和无关紧要。无关紧要和愚昧无知横行天下。幽闭恐惧症、缺少新鲜空气、一种心智和热望的窒息。都那么没完没了，因为这是孩子的时间，在那里，一天开始时不可能瞥见它的终点，时间都要由那苛刻的白色小钟发出指令。每一天都像是在攀爬什么东西，比如冷冰冰的一把大座椅、高过头的一张床。遇到的障碍和面临的挑战都在大手的帮助下克服了——这些大手紧紧抓住，它们拉来推去——我看到这些手在给婴儿忙着，似乎体贴入微。婴儿被高高举了起来，举着他的是保姆的手臂。婴儿在笑。当妈的想把婴儿从保姆手里接过来，但保姆抱紧了孩子说：“哦，不，这一个是我的孩子，他是我的孩子。”“啊，不，保姆。”身为母亲的强壮高塔说。她比房间里所有东西都高，比大个子保姆都高，几乎和天花板一样高。“啊，不，”她说，脸上泛着微笑，嘴唇却绷紧了，“他是我的孩子。”保姆此时摇晃着婴儿，对他低声哼唱。她说：“不。这是我的孩子，他是我的心肝宝贝，而那一个，她是你的孩子，夫人，艾米莉是你的。”她一边爱抚和摇晃着孩子，一边转身背对那位母亲，以示感情的自主。对此当母亲的笑了，这笑和刚才不同，小女孩摸不着头脑，但这笑却导致母亲的手粗鲁地把她拖起来，就听母亲说道：“你为什么还不脱衣服？我说过让你脱衣服的。”随后就开始了一场急速的让小女孩受罪的抢夺和推搡，在一层层衣服从身上被剥去的过程中，她竭力想站稳自己的脚跟。先脱去的是她引以为豪的蓝天鹅绒连衣裙，因为这件衣服适合她穿——高过她头顶的各种声音都对她强调过这一点，但它里面顺着手臂向上、沿着后背朝下都有许多小纽扣，每个纽扣都需要花不少时间去解开，其间大人的手指弄疼了她，刮伤了她。然后要脱的是衬裙，动作相当快，却划伤了她的下巴。接下去是白色的长连裤袜，连裤袜显得太大了，向空气中释放出温暖的好闻味道——当妈妈的注意到了这一点，皱起了眉头。“那么现在你上床去吧。”说着，她匆匆将一件白色睡袍从孩子头上套进去。

艾米莉攀上床头的栏杆，爬进窗边她的床，对她来说这是一张大床。她扯起厚重的红天鹅绒窗帘的一角，看窗外的星星。与此同时，她也盯着两个大人看，看母亲和保姆照料那个婴儿。她脸上老成而疲惫。她似乎懂得这一切，已经预见到了，出于无奈只好忍受，感觉这一切犹如四周蒙着一层又厚又重的东西——这就是时间，她必须强使自己穿越它，直到能从中摆脱。因为谁都无能为力，可怕、强大的母亲做不到，对生活不满而脾气暴躁的保姆做不到，婴儿也做不到。对这个婴儿，小女孩感到一种爱的激情，这种激情令她心软，令她无能为力。她只是个孩子，不能自行其是，根本就不能。当母亲以不耐烦的粗鲁语气说话时，尽管这种语气宣泄的是一种快乐、一种勇气，那孩子却把这看作请求怜悯。“艾米莉，你该躺下了。你赶快睡觉吧。”她躺下了，她看着两个女人抱着婴儿进了另一个房间，听到那里面有一个男人的说话声，那是父亲的声音。道晚安的仪式，而她被排除在外——他们已经忘掉她也曾被抱去向她父亲道晚安。她翻过身去，背向热烘烘的白色房间——红红的火焰在那里散发着热量，壁炉栏上晾满了沉甸甸的白色衣服，热气腾腾。火焰在红窗帘边沿后面黑洞洞的地方闪烁发红的光影，灼人的热量开始透过厚厚的睡袍传遍她的全身。她抓住了窗帘上悬垂的红流苏，把它们拉过来，躺在床上拉着它们，拉着它们……

这个小女孩当然就是交给我照看的艾米莉，但好些天我都想不明白自己居然旁观了她童年时的一个场景。这当然无法想象，因为这样的童年现在不存在，早已成为往事，当时出现的场景只能来自她的记忆，来自她成长的历史……一天早晨，我和她一起坐着，她某些举动告诉我再明显不过的事实。当时我一直在打量那张年轻的脸，这么一个令人不安的孩子和姑娘的混合物，可以从这张脸上看出她四岁时孤独的自我。艾米莉。我怀疑她自己是否还能想起记忆中或经历过的事情，那个场景可是像电影一样在我客厅墙壁后面“放映”，那个时刻，阳光斜照在墙上，虽然墙纸的花纹微弱而固执地存在，白色涂料却成为透明的银幕——这是两个世界紧靠在一起的时刻，这个时刻易于让人想到，人可以径直走过去。我坐着，眼睛望着那面墙，幻想自己听到了一些响动，这些响动自然根本不属于“我的”世界：有人使劲用拨火棍调节着炉火，还有轻轻奔跑的脚步声、孩子的说话声。

我疑惑要不要对艾米莉说点什么，问她几个问题。但我不敢，这说的是实话。我怕她。和她在一起我没法不感到害怕。

她穿着显得太紧的旧牛仔裤和胀鼓鼓、尺码过小的粉红衬衫。

“你该添几件新衣服了。”我说。

“为什么？您不觉得我的打扮还不错吗？”可怕的“欢快”语气，但话语里也带着失望……她打起精神，准备抵抗我的批评。

“你的打扮很不错。可你长大了，这些衣服不适合你了。”

“哎呀，我可没想到事情糟到这个地步。”

她从我身边走开，躺到棕色的长沙发上，雨果就在她旁边。她没有真的在吮吸自己的大拇指，但她完全可能这样做过。

我该描述她对我的态度吗？这很困难。我觉得她并不经常打量我。在她第一次被那个男人（不管他是谁）带到我面前时，她看到我这个上了年纪的人，用非常直接、尖锐的目光细细地打量我。可从那以后，我不认为在和我相处的日子的某一时刻，她还看出了比“一个很典型的老年人”更多的东西。她当然认识不到我为她感到的恐惧、焦虑和保护她的责任。她不知道照看她这件事已经充满了我的生活，水已使海绵全部湿透……

可我有权抱怨吗？我过去不是也像别的成年人那样谈论“青春”“年轻人”“孩子”这类话题吗？除非我努力克制，否则不是还要议论这些话题吗？而且上了年纪的人还能找到一点借口，把年轻人从身边推开，把自己关进内心加了标签的隔离间：“这我可不理解”，或者“我理解不了这个了”——因为他们中的每个人都年轻过……我该为自己写下这个众所周知的常识而感到羞愧吗？如今只有极少数中年人和上了年纪的人能把这常识化作实际行动，只有极少数人还能承认自己的往事。老年人曾经年轻过，年轻人却感受不到年老的滋味……诸如此类的话曾在上千本日记、道德训诫、常识、格言等书中出现，可它们有过什么影响吗？好吧，我就此打住……艾米莉见到的是一个正经、克制、冷淡的老人。我使她害怕，向她显示了她无法想象的东西——老年。但从我的角度看，她，她的状况，与我近似得就如同我自己的往昔记忆。

她去沙发上躺下，背对着我时，在生闷气。她正在利用我来检验她跨出童年时代成为姑娘的冲动，而年轻姑娘的衣着和言行举止都要符合相应的规范。

她的抵触情绪很强烈，因此她对我的利用很过分，令人厌烦。这种情况一直持续了几个星期。其间她抱怨我批评她的打扮，她把不得不为买衣服花钱的过错都归在我头上，她说她只想一辈子都穿牛仔裤、衬衫和运动套衫，她并不在乎她的模样或要什么“终于显得体面点的衣服”，而这一切不过因为我这一代把什么事情都弄得那么麻烦，她这一代则对衣着一点都不感兴趣，我们要把她这样年龄的人托付给旧时装杂志和美好却早已消亡的往昔梦想……就这样一直抱怨下去。

可现在她不仅是年龄一天天大了，身体也有了变化：体重正在增加。她会和她那只狗似的黄猫或猫似的黄狗一起整天躺在沙发上，她搂着、抱着、抚摸着这只动物。她嘴里含着糖果，吃果酱面包，爱抚雨果，做白日梦。她要么就坐在窗前，发表些刻薄的评语，吃东西；要么给自己准备一大堆的果酱面包、蛋糕和苹果，再搁些旧书和旧杂志，在地板中央设置一个场景，她本人脸冲下趴在地板上，雨果则伸开四足横躺在她的大腿上。她会整个上午，整整一天，一连几天以这个姿势阅读、做梦和吃东西。

这快要把我气疯了，但我还能保持不露声色。

她会突然跳起来，跑到镜子前大声喊道："天哪，我快胖得不行了，以后您会觉得我比现在还要丑！"或者"就是现在您让我买新衣服，我也穿不进去了，您直说就是了，您觉得我正变得轻佻而无情，因为现在有那么多人连饭都吃不上"。

我只能重申要是她给自己买几件新衣服，我会感到高兴。她可以像大多数人那样去二手货市场或店铺买。如果她想要，也可以去正经商店——但只能去一次。因为那个时候去买商店里的衣服或衣料是地位的象征，只有行政管理阶层和被众人称作"空谈家"的人才真正光顾商店。可她对我留在抽屉里给她用的钱不屑一顾，继续吃她的东西，做她的梦。

我经常外出，忙于大家都在做的事情——搜罗消息。那时候我和别人一样有一个收音机，我还是一个读报圈子的成员——新闻纸的短缺使得人们必须以团体的名义购买报纸杂志，这些公用的报纸杂志在圈子里传阅。我就像其他人那样去寻找新闻，在大街上、酒吧里、小酒馆、茶室中聚集的人群中寻找可靠的新闻。城市里到处都是这样的群体，人们从这个地方转移到下一个地方，从小酒馆到茶室，到酒吧间，再到还在销售电视机的商店门外。这些群体很像在官方新闻喉舌上面迅速生出的另一个喉舌。一天二十四小时不断有新的群体、小组或个人加入上述场景，站着倾听，掺和其中，说出自己听到的消息。消息成为一种流通货币，用来交换道听途说的谣传。于是我们继续走动，然后停下来，走动，再停下来，仿佛移动本身可以缓和我们都感到的持久的不安。以这种方式搜罗到的消息，往往在新闻广播正式公布前好几天甚至几个星期就成了公众的话题。当然以这种方式得到的消息常常不准确。但那时所有的消息都不准确。人们不停地跑来跑去探听消息、掌握信息，他们想要做的就是要从谣传中分离出剩余的真相，因为谣传也不是空穴来风。我们感到我们必须拥有这点珍贵的真相：这是我们的分内之事、我们的权益。拥有了会使我们感到更安全，我们也有了身份。无法拥有或拥有得不充分的话，我们就有被剥夺感，从而陷入焦虑。

当时我们就是这样的看法。现在我有了不同想法：当时我们所做的就是空谈。我们都在谈论。就像我们上头那些在没完没了、冗长无聊的讨论会里耗费一生的人，他们谈论正在发生的事情、将要发生的事情，天真地希望能左右事情的发生——但当然什么都没有做。我们也这样空谈。我们把那些人称作“空谈家”……而我们自己也把每天的许多时间花在谈论和听别人谈论上面。

当然，我们最想了解的是东部和南部地区发生的事情（提及那些地方时我们用的词是“外边”或“那边”），因为我们知道那里出现的情况早晚会影响到我们。我们必须知道正接近这里的或谣传正接近这里的是什么迁移群体，正像我前面说过的，这些群体的成员现在并不都是“孩子”或“年轻人”，他们由不同年龄的各种人组成，越来越像部落，已成为新的社会单元。我们必须知道什么样的短缺情况将会出现或可能得到缓解；别的郊区是否已经决定完全不用煤气、电力和汽油，转向靠蜡烛光和灵巧双手生活；是否新发现了一个垃圾场，如果发现了，普通百姓是否能获准去找点可用的东西；哪儿的商店里还有兽皮、旧毯子和自制维生素糖浆用的蔷薇果实、回收利用的塑料制品、漏勺，以及深平底锅这类的金属用具，或者无论什么东西，只要是来自物品充足的逝去时代的就成。

当然，在我们的日常生活中，自己动手制造、修修补补、勉强度日，在最初阶段与我们的富裕、浪费和吃得太多同时存在，那个时候离我写作的此时此刻已经相距遥远。即便在我们还拥有很多的时候，我们也都擅长“在螺蛳壳里做道场”，同时仍然受广告的刺激去花费、使用和丢弃。

有时我离开艾米莉，跑好远的路到城外去，去乡村，去农场，去别的城镇。想想我不在时可能会发生什么，心里不免担忧，但我觉得冒这样的险很值得。来去可能要花上两三天，因为火车和公交车不常有、靠不住，汽车几乎都供官员乘坐，想搭车的话往往遭到拒绝，因为官员阶层对普通百姓感到害怕。

我徒步来去，就像大多数人那样，重新发挥自己两脚的用途。

一天，我带着五六张羊皮回到公寓和艾米莉身边。还有其他东西，我把它们收进小橱和储藏处——用来存放各种为将来和仍有相当想象成分的不测事件准备的东西。而这些羊皮很重要，因为正是它们开创了她自身成长的新阶段。她先是假装没看见它们。后来，我看见她站在我安在门厅里的长镜子前，将羊皮用别针别住，围在身上。她似乎想要有野蛮公主的效果，但一发现我已经注意到了和产生了兴趣，她马上回到沙发上原来的位置，跟雨果在一起，回到她的白日梦——这些白日梦排斥我们实际经历的时光。但我相信她对与幸存有关的事情——幸存的资源、窍门和筹划很着迷。我记得那个时候她以大厨的风范，仅用老洋葱、皱巴土豆和香草就烹制出一盘色香味俱全的肉汁布丁，她为此兴高采烈。她喜欢去市场，到那里找寻一些我从来不加理会的东西。她喜欢生火把水烧热，用于洗刷和做饭。我对她这种做法一直感到恼火，因为我一向的做法是简单易行、讲求效率。她因为我准备使用储存的木头生火而责怪我，坚持要外出到废弃的房子里捡拾旧的壁脚板之类的木块用来烧火。一拿回来，她立马用斧子在地毯上熟练地将它们劈碎。她先把小块的破布垫在地毯上面，以免已经很破旧的地毯更加破烂不堪。她真的很能干，这充分说明她在来我这儿之前曾有过的经历。而她也知道我在观察她，想要得出结论。想到这一点她就回到沙发，因为她想要神不知鬼不晓，即便在这个时候，她那种不让别人弄懂和看透的愿望也比别的愿望强得多。不过领教了她的技能和智谋，我倒是得到了安慰，原先预示的我将要为她的未来所承受的重负减轻了不少。我一直担心：这个令人担忧、沉溺于梦想、不稳重的孩子，她如此专注于自我、幻想和往昔，又怎么能在我们都要被迫逃生的人世间幸存？我开始意识到这是多么不祥的预兆，我是多么关注她和为她伤心，当她外出去空房子和荒废的空地时，我的焦虑是多么强烈。“你为什么觉得我不能照顾自己呢？”她喊道，心里非常恼火。但身为艾米莉，她当然觉得有必要去取悦别人、安抚别人，于是她用微笑试图加以掩盖：必须隐藏和淡化她真实的恼火和真实的情感。与此同时，她又装作发脾气、生闷气，这类青春期必要的表演持续不断地上演。

此时我很感激雨果在她身边。共同生活在一个屋檐下，它并不是难相处的动物。（我几乎要说它是人了！）它似乎很少睡觉：它一直在守护。我相信它是这样看待自己的作用的：它要照看她。它喜欢艾米莉喂它，但假如是我把给它的食物放在地上，它也会吃。它希望能做她唯一的朋友，希望对方只爱自己，对我的态度恐怕只能用“有礼貌”来形容。它期待傍晚时戴上沉重的铁链出门溜达，假如艾米莉不能牵着它出门，它会很失望，但它跟我出去也非常听话。它吃那些当作狗食出售的脏兮兮的东西，但它喜欢我们盘子里的残羹剩饭，它把这一点表现了出来。

这段时间并没有多少内容可写。艾米莉吃啊吃啊，她已养成了将短小的衬衫穿在胀鼓鼓的裤子外面的习惯。她忧愁地站在镜子前看自己，嘴里还含着糖果或嚼着面包。我一句话不说，我决意什么都不说，即便她对我挑战说，“你不觉得胖一点很适合我吗”，或者“等节日来了我要大饱口福”时，我也如此。不管她说什么，不管她怎么开玩笑，怎么吃，我都一言不发。她躺在地板上，目光在随手捡来的某本旧书的字里行间移动，但看不多久她就让书掉落，目光呆滞地盯着前面。在这过程中，她的手自动地将面包，更多的面包、蛋糕、土豆食品、水果布丁送到嘴里。一个小时又一个小时。一天又一天。有时候，她会跳起来为自己去调饮料什么的，也请我喝一杯，随后就把我忘掉了。她的嘴总是在动，咀嚼、品尝、吸收，好像嘴是第一位的，她身上的其他部位都从属于嘴；甚至似乎连她通过眼睛摄取信息也是吃的另一种形式。她的白日梦则是原料，通过嘴的消耗，像食物一样使她日益膨胀。

然后，突然间，一切都走向了反面。当然那个时候似乎并不突然。现在回想起来，一切都显而易见，恐怕都可以说是平淡无奇、按部就班了，回想起来好像这个变化不可避免。

一些来自我们几个公寓楼的年轻人开始在对面人行道和荒废的空地上，在被烤焦的树木下闲荡。这些年轻人在分享逝去的荣耀和冒险——回忆当时曾在那里生火和尽情享受的迁移群落。他们彼此指点着人行道上熏黑的地方，讲述和重复讲述那部史诗的插曲。刚开始两三个人，随后六七个人，再后来……艾米莉已不再沉湎于梦想，转而观察这些人。从她脸上，除了对他们的鄙视，你看不出还有其他神情。我记得当时还挺可怜这些粗糙的青春期男孩，他们如此急切地想要别人注意他们，看他们，而他们笨拙的体态让他们显得那么孤立无助和缺乏吸引力。我也挺可怜她，朝窗外看的胖女孩，这个乔装打扮的公主。我深感惊讶，不出几年，不用多久，这些邋遢家伙就将蜕变为美人。但我错了，时间在加速运转，都不需要用年来计量……一天傍晚，艾米莉出去闲逛，站在我们的公寓楼前面，脸上带着嘲讽的表情，她的身体却同时显示出恳请和需求。男孩们不理睬她。后来，他们就她的形象议论了一番。她回到屋子里，一连几个小时若有所思地坐在沙发她常坐的那个地方。她不再吃东西了。

她体重减得飞快。她只吃草本茶和酵母提炼物。此时我眼看着事情走向了反面，随着过量脂肪的逐渐溶化，体形正完整、清晰地显现出来。

我开始抱怨：你必须吃东西，你应该建立适当的饮食习惯。但她不听我的话。我对她那种想让人行道上的英雄们看重她的需求可不感兴趣……现在聚在那里的人相当多了，白天变长了，春天治愈了伤痕累累的树木。

我们在观看（尽管我还没有意识到这一点）一帮人、一个群体、一个部落的诞生。当时我能意识到在我面前进行的这个过程就好了。现在，我断定当时我是视而不见的。除了借助模仿来繁殖相仿的热情，还能有什么常见的别的做法吗？所有的社会进程都以此为基础，所有个人的成长也是如此。出于某种原因，我们竟然在大多数人都专心参与某个密谋时，似乎仍然忽略它的存在或根本没有提及它。人们形成了一种共识，不管是孩子还是成年人，每个人都靠着获取互无关联的习惯、孤立的知识片段成长，就像在柜台上选购东西："是的，我要那种"，或"不，我不要那种"。可事实上，无论是好是坏，人们都是靠狼吞虎咽来自其他人、各种氛围、不同时间、不同地点的东西——怀着羡慕成长。当然经常是相当不自觉。我们谁也离不开谁。

在几个星期里，在几个月里，对面的人行道上，在我眼前展示了教科书里的内容或实验室里的景象，我可以观察到新的社会单元创始、成长和繁荣的过程。但我当时没有这样做，因为我的心思都在艾米莉身上，我关注她的情况。那些进程继续着，我也观察它们，种种细节确实清晰可辨，可我关注的是这个或那个事件对艾米莉的影响。只有到了现在，我回想往事时，才认识到自己失去了多么重要的机会。

作为年轻姑娘，准备在女人中占据自己作为女人的位置，艾米莉不是唯一的一个。比如还有珍妮特·怀特。在珍妮特的父母阻止她之前，她一天要在我家窗户外冷嘲热讽的男孩们面前走过十几趟。有一段时间，男孩和女孩分开站在道路的两边，他们怀着敌意站在各自的阵营，互相嘲讽和辱骂。

后来，很明显他们的嘲笑少了，更经常的是默默地站着，或者小声和自己人谈话。他们假装不看对面的群体，却总是忍不住要看。

在公寓里，艾米莉想起了那些羊皮。她再次把羊皮围在身上，用带子束紧，就这样穿着它们大摇大摆走路，还松开了头发。

她走到我面前说：“我找到了缝纫机。我能用一用吗？”

“当然。可你不想买衣服吗？那缝纫机太旧了。它一定有三十五个年头了。”

“它还能用。”

我上次给她的钱还放在抽屉里。此时她把钱拿出来了，几乎是不漏一点口风地走了五六英里，到达市中心。市中心大商店的商品，是为官僚阶层或其他买得起的人准备的。事情几乎总是这个样子。她买回一些上好布料，是商店在危机发生前进的货。她带回棉线、卷尺和剪刀，还去了旧货市场和店铺，她房间的地板上堆满了战利品。她把珍妮特·怀特从人行道上请进来，当然她这样做之前先有礼貌地请求了我的准许。两个少女挤进了那个狭小的房间，叽叽喳喳，互不相让，在长镜子前以这种方式和那种方式打扮自己。这成了一个惯例，当珍妮特·怀特自己也冒险外出买回衣料和旧衣服时，这个惯例又重新上演一遍……这一次是在走廊边珍妮特的房间里。这件事使得珍妮特被禁止上街跟那里的人玩，她还受到警告不要和艾米莉交朋友。因为珍妮特的情况注定是不同的。说实话，我并不清楚怀特夫妇在管理层圈子里有多高的地位，不过在那个时候，他们可不是唯一这么半遮半掩、毫不声张地在一套普通公寓里过日子的官员家庭。他们表面上和其他人没什么不同，却有办法获取大多数人无权享用的衣食交通资源。

艾米莉似乎并不在意珍妮特抛弃了她。接下去的几个星期，她和先前吃啊梦啊懒洋洋度日啊完全一样地专注于自己，但这时则精力充沛、非常自制，至少在吃的方面如此。我注意她的变化。我时刻注意着，因为我从未见过她这么倾心投入过。因为如果说她，艾米莉，现在这种新做法也像她懒洋洋地陷入梦想时那样具有内在倾向，那么至少现在她对自己的感觉是完全看得见的，以奇装异服的形式显现在我面前。

她的第一个自画像……她找到了一件旧连衣裙，白底带粉色花枝。她把脏的和破的地方都剪掉了。加上了零碎的花边、薄纱、玻璃珠和披巾，衣服变成了万花筒，她想怎么变就怎么变。这通常是一件新娘裙，此时成了少女装。这种通常由比穿衣者更成熟的人做出的模糊的对天真的宣言，同时也可以看到某些少女服装在表达身体急剧变化时的脆弱无力。当她晚上裸着身子套上这透明的衣服时，它就成了睡袍。有时她并不想把它当夜礼服穿，她内在很强的戒备之心，减弱了她所穿衣服的单纯天真，因此她会把花拿在手里或插在头发上，想把自己扮成“春之神”，但她的样子却像是一个对自己将在晚宴上展现身体魅力有十足把握的女人。这件连衣裙对我来说有一段感情经历。我害怕见到它。问题是我还是对她无计可施。我相信她能穿上这衣服走到外面的人行道上去。现在，我断定自己是太蠢了：上了年纪的人倾向于无视（他们真健忘！）和疏于保护年轻男女内在的个体——寄居在青春期身体内，性格框架中最强健有力的成员，即指导和选择体验的自我。

现在，回过头来看她的创作，在当时那么野蛮和混乱的时代，这种类型的女孩服装或许更准确地说是多种原型的合成物。用这种方式，这个孩子，这个小女孩在我们往昔文明的垃圾堆里找到了符合她梦想的材料，不仅发现它们，还动手改造它们。尽管这一切使她的自身形象苏醒过来……但如此陈旧的形象，如此不可毁灭，如此不相干——我实在受不了这一切，默默退到一边，决定什么都不说，什么都不表示，什么都不暴露。幸亏我这样做了。她穿着那东西在公寓里走来走去，一个仅蒙了薄纱的裸身少女。她炫耀地、羞怯地、大胆地、惧怕地穿着它。她不只是在“试穿”一件衣服，还是在尝试一种自我写照，而我在不在场根本没关系，她并没有注意到我。当然，个人独处所受到的干扰已教会我们如何逃避到内在的孤独之中，我们都是这方面的行家，能够与他人共处却心居别处。

可我实在不知道是该笑还是该哭，我笑过也哭过，当然是在她看不到我的时候。因为她多么荒唐可笑，同时又多么勇敢，多么善于应变。正像她那淡褐色的眼睛，直率、诚实——英国人所谓的“好伙伴”的眼睛，同时又迟疑、多虑、谨慎。她尝试要打扮自己那张生气勃勃的孩子脸，在穆斯林女眷似的面纱和挺直身子摆出的“迷人”姿势背后，她的脸同时也变得暗淡无光。她对这件衣服的着迷持续了几个星期。随后的一天，她显出嘲讽、不耐烦的态度，拿起剪刀剪掉了衣服的底部——有什么不对劲了，或者开始还不错，此时全结束了，她不再需要了。她把这团讨厌的东西扔进了一个抽屉，又开始自己的一项新发明。

来了一阵到得很晚、持续时间很长的冷空气。甚至还下了一点雪。在我的公寓里，要感觉暖和点可不是一件容易事。像其他人那样，我们在屋子里穿的衣服几乎和外出时穿的一样多。艾米莉拿走了羊皮，做了一件戏装似的无袖长袍。她用鲜红的绸布束腰，把羊皮长袍穿在从我小橱里拿走的旧衬衫上面。这可没有得到我的允许。当她这么做时，我可难说有多高兴。这表明她终于感觉自己有与我分享的权利了。举个例子说，孩子有顽皮的权利，但事情还不只是如此。上了年纪的人或成年人发现某个孩子没打招呼就拿走了自己的私人物品，尤其这个物品是自己一个生活阶段的突出体现或人生告白（就像一个年轻姑娘要穿带粉色花枝的白连衣裙），这该带来怎样的情绪释放。多么令人震惊，除了说这是偷窃，你愿意的话可以说是冷水浇身。偷窃的行为表明：*这个更应该属于我，而不属于你；更应该属于我是因为我更需要这个，它更适合我的人生阶段而不适合你，你太老了，得放弃了*……或许，这种激情的释放甚至是还未发生的将来事件的一个暗示，到那时，个人会从众人的眼睛里看到这样的（也许仍是无意识的）宣告：现在你可以交出你的生命了，你不再需要它了，我们将替你度过它，请离开吧。

那件衬衫进入我衣服的行列已有三十年，它当时是高雅时髦的东西，用了绿色的优质丝绸。此时它穿在艾米莉的羊皮长袍里，正像我努力不让自己说出口的话所要表达的："我的老天爷啊，你不能在外面穿这土匪的装备，这会招人非礼！"她把这新玩意儿拆掉了，因为只是粗粗缝了几针，并用别针别住。其寿命并不比一个白日梦长久。

于是，我们继续过日子。她不再走出公寓，也不再沉溺于幻想，我注意到一切都朝着越来越功利主义的方向变化。

各种尝试一个接一个迅速变换，然后，由于对已经浪费了那么多而感到羞愧，她以虽然相当唐突却过分客气和可怕的方式要我再给她一些钱，她拿着钱去了市场。她买回一些二手服装，这些服装使她跨出了一大步，从一个沉溺于幻想的女孩变成了一个姑娘，更准确地说变成了一个女人。当时她年仅十三岁，还不满十四岁，不过她也可能已经十七岁或十八岁了，因为那个时代时间也呈现激增状态。此时我想，可能那些人行道上的英雄们要甘拜下风了。她作为年轻姑娘，其天性实际上早已注定，需要找一个十七八岁，甚至年龄更大一些的小伙子。

然而那伙人、那群人、那帮人（还没有形成一个群落，但正朝着这个方向发展），就像她一样，经历了超常速度的发育。不出几个星期就完成了。下雪了，染白了人行道，树枝的黑色加深了，装饰树枝的摇晃着的新绿又畏惧地收缩起来。正当艾米莉不再幻想浪漫的英雄、首席执行官和妻妾成群的暴君时，有十来个年轻人从原先笨拙、幼稚的伪装下脱颖而出。傍晚时分，他们身穿光鲜的服装在人行道的树下气宇轩昂地漫步，附近的女孩纷纷跑出来跟他们混在一起。现在成百个窗户后面都有观望的眼睛，在早春时间越拖越长的午后，有时有多达三十个以上的年轻人进入人们的视野。至此这里的人开始明白，我们本来相信只属于“外边”地区的一种现象，也将在我们眼前、我们住的街道出现，而我们这里迄今为止所能发生的最坏的事，只不过是某些外来迁移群落的路过。

我们听说在这个城市的其他地方也将会出现同样的情况。这不仅仅是年轻人聚在人行道上赞美和向往迁移群落，而且还会后来居上。我们都知道，我们都明白，这在茶室、酒吧和各个人们通常会聚的场所成为热门话题：这种情况遭人议论，造出新闻，引起事端。我们知道这里的年轻人不久就要走了。我们按照惯例发出大惊小怪的喧闹声，但此时正要发生的，每个人都知道它早就注定要发生。因此我们惊叹自己竟那么缺乏预见……我们也惊叹别人的短视——那些还没有出现过这种现象的社区，人们竟相信他们能够幸免。

艾米莉开始显摆自己了。先是从我家窗口，在确认自己被注意到了之后，她就到了外面的人行道上，在那里溜溜达达，仿佛没有注意到路对面的小伙子们。这个阶段花的时间比我预料的要长，或者说比接受她所需要的时间要长。我心想，现在到了关键时刻，她害怕从避难所、孩提时代、自由幻想中走出一大步，因为现在她看上去和别的姑娘差不多，在行为和思想上必须和她们一样。那么他们怎么看？迁移者服装的要点当然是实用，必须是功能型的。裤子也好，外套也好，运动衫、围巾也好，一切都要厚实、耐磨和暖和。可从市场、废品站和旧仓库源源不断弄来的都是过时的“时髦”服装，它们经过种种改造变身为各种穿戴的小零碎。因此，他们的模样犹如旧时的吉卜赛人，穿成这样的原因也和旧时的吉卜赛人一样。他们必须穿得暖和，便于迁移，他们的双脚必须能徒步走长路。但幻想的活力使他们衣着光鲜，暖和的天气令他们像蝴蝶一般招摇。

终于有一天，艾米莉跨过了马路，加入那里的人群，就仿佛这样做再容易不过。几乎一到那里，她就接受了一个男孩递过来的香烟，这个男孩似乎是那里个性最强的一个。她允许别人给她点上烟，悠闲地抽着。我从未见过她抽烟。当天光在高楼四周的天空褪去，一排排小窗户闪烁微光的时候，她还待在那里。此后她又待了很久。年轻人们在枝叶下面半掩半现。他们站着，轻声交谈、抽烟，从上衣口袋里摸出酒瓶喝酒，或者坐在围绕邻近几幢公寓楼的平坦路面的矮护墙上。人行道和废弃场地长着树木和野草的空间，一边以矮护墙为界，另一边则是一堵老墙。如同一个运动娱乐场或戏院，这块地方已被划定了范围。那里的人群认定这块地方是他们的地盘，给它定了性：除了充当这个群落成长的摇篮，不可能再用来做别的。

然而，雨果没有去那儿。她拥抱它，亲吻它，跟它交谈，在它丑陋的黄耳朵边低语。但她离开了它。

它坐在窗前的一把椅子上，让窗帘遮住自己后，盯着她看。

陌生人乍一走进房间，肯定会说："这条狗颜色真够黄的！"然后会发问："可它也算条狗吗？"我看到的它的样子是艾米莉不曾见过的，因为一旦她穿过马路往家走，雨果就把脸转向她进来的方向。我看到的雨果是背朝房间坐着的一条稻草黄的狗，一个小时接一个小时，一动也不动。它那鞭子似的尾巴从椅子的横档间伸出来，全身上下都显出一种令人伤感和充满戒备的忍耐力。一条狗。一条狗的情感也就是忠诚、谦恭和忍耐。这从它的背影就可以看出来。由雨果引起的情感与大多数狗引起的没有什么不同：怜悯、不安，就像面对某个囚犯或奴隶。但随后它会转过头来，由于你从狗眼睛里并未看到期待的温柔、可怜的爱意，同情之心便荡然无存——这不是狗，而是半人兽。它那强硬的绿眼睛在放光。无人性可言。猫的眼睛，与人无关的属类，无悲伤，不凄惨，不央求。长在狗身体上的猫眼睛，猫的眼睛和猫的脸。这个畜生，它的丑脸就像美好的容颜那般吸引别人的注意，因此我发现自己老盯着它，试着和它达成协议，认识它在我生活里行使的权利——这个畸形儿、这个怪物一直照看着艾米莉，和我付出的一样多。当她晚上带着烟味、酒味回来时，雨果是拥抱、抚摸和爱的对象，她从这个分开了许多个小时的野性同伴身上汲取危险的活力。

现在，她每天都跟他们在一起，从午后一直到半夜或更晚。我和那个动物会坐在窗帘后面，凝视着外面的夜色，因为只有一盏路灯，那些人在那里走来走去，除了苍白的脸、点烟的微光闪烁，就看不到别的什么了。除了他们笑的时候、唱歌的时候，或扯着嗓子激烈争吵的时候，就听不到他们谈些什么了。每次争吵声传来，我都能感觉雨果在颤抖和蜷缩。但争吵因达成一致或遭到众人否决，很快就结束了。

而当我们知道艾米莉快回来了，我们两个——我和雨果，都会迅速离开自己守候的地方，到她以为我们正在睡觉的地方待着，或至少让她相信，我们并没有在暗中监视她。

在这段时间，每次我投入到半透明白涂料下被遮盖的花朵和叶子里，穿越过去的时候，我总发现那边的房间凌乱不堪或损坏严重。我从未看见是谁或是什么干了这个，连一眼都没瞥见。对于我，似乎愈来愈倾向于将我日常生活的这个附加部分进行下去，又一项困难的工作交到了我手里。这项工作我可干不下去。因为无论我如何打扫、收拾，将翻倒的椅子、桌子和室内物品恢复原样，无论我如何刷洗地板、擦遍墙壁，等到我有一阵子脱离了现实生活，再次走进那些房间时，一切又得重做一遍。活像书里读到的那些捉弄人的鬼怪花招。我进入那里时情绪低落，怀有不祥预感，已经没有了第一次在那里走动时感觉到的兴奋、向往和期待……我必须解释清楚的，是这种沮丧感不能与“个人的”场景的痛苦同日而语。即便是最坏的情况，那些房间的混乱无序也不像那“个人的”家庭令人窒息的封闭状态那么糟糕。走出我的“真实”生活，进入另一个如此充满可能性和选择的地方，总是一种解放。当我谈到那里的“险恶”时，我的意思只是就那个地域总体上更自由的气氛而言，显然不能与此时此地的压抑和禁锢——那个“个人的”家庭上演的木偶剧相比。

但不知名的破坏者遵循什么法则或出于什么需求？我发现自己走在望不到头的不规则通道里，就像走在一个无限延伸、到处是房门和小块地板的宽敞走廊。在那些小块地板上，桌子可能插着鲜花，摆着雕像或照片等各种物品，每一件都有确定的位置——而打开邻近的一扇房门，里面的一切却都摆放错位。呼啸的狂风会掀起窗帘直接刮进房间，把小桌打翻，把椅子扶手上的书本扫到地上，扬起地毯上的灰尘，乱丢烟灰缸里的烟蒂，烟灰缸被刮得滚动起来，摇摇欲坠。打开另一扇房门，房间里的一切又都处于正常状态——秩序井然。这个房间不仅整洁得像旅馆房间，为居住者做好了准备，而且居住的人刚刚离开，因为从一扇半开的门看进去，我感觉另一个房间里有人在活动。那间屋子，要是我走进去，也许只在一瞬间，就会发现它陷入了混乱，犹如玩具小屋的一个房间，小女孩的手从房顶插进来，出于一时的冲动或坏脾气，把一切都打翻。

我认定自己必须做的事情是重新粉刷房间……谈起来就像它们是楼房或公寓里的一套永久的、确定的、牢固的房间，而不是一个我每次看到它都有变化的地方。首先是涂料，墙都那么凄惨、破旧，收拾或擦洗摆放在其中的家具又有什么用？我找到了涂料。在其中一间暂时腾空的房间地板上，铺开的报纸上竖立着不同型号和颜色的涂料罐，它们在等着我去用。而仅仅几分钟前，我看到这个房间还摆放了家具。有刷子和装松节油的瓶子，还有我最初几次过来时见过的粉刷匠的梯子。我从自己很熟悉的那房间开始：这是一个有锦缎窗帘、粉色和绿色绸布以及旧木料的起居室。我把可用的东西都堆到房中央，盖上布罩。我用加糖的水、热水和洗涤剂擦洗了天花板和墙壁。一层又一层的白涂料刷上去，开始显得凝滞、单调，然后就越来越好看了。到最后一层是盖掉一切的明净的、闪着微光的亮漆，像新下的雪或精美的瓷器那么白。人就像站在了清洗干净的蛋壳里面，感觉我已把积攒的妨碍生存者呼吸的污垢都清除掉了。我没有掀去蒙在房中央那些家具上面的布罩，因为此时那些家具在这么美好的房间里显得过于破旧，我感觉似乎没有理由来进行布置：等我回去了，捉弄人的鬼怪又要把房间里的东西乱扔一气，或把污泥丢到墙上。但事情并非如此，并没有发生刚才说的情况，或者我认为没有发生，因为我并未再次看到这个房间。准确地说，是我把它忘掉了吗？从日常生活的角度理解可以这么说。当我身处那个房间时，做的工作是有意义的，我所做的有着连续性，表明一个前景，而我和从未显身的破坏性生物或力量有着某种持续的联系，如同我与仁慈的别的存在相伴。可这种相关的、有联系的、前后有关的感觉，从属于对那房间的特定造访，下一次造访的话就不再是同一个房间了，我对那房间的关注改变了（对其他房间、场景的关注也是如此），它的芬芳气味在其持续存在的那个时间是完全真实的，时间一过就无影无踪。

既不是特别的不情愿，也没有什么乐趣可言，我写下了有关无秩序的、变化的和无常的王国的描述，现在我必须返回“个人的”王国，它令人失望，不是你想要的……

我走近一扇门，不仅是怀着恐惧，还好奇地想看看它是否已被鬼怪施过了魔法，但我看到的却是非常整洁的场景，这个房间令人烦恼和失望的是它呈现的状态——一切都恰到好处，没有任何可改动或变换状态的余地。

墙壁是冷酷的；家具沉甸甸的，上了光，擦得锃亮；沙发和座椅的摆放就像是很多人在一起谈话；硕大木桌的桌脚在地毯上压出凹痕。

这里有许多人。是真正的人，不是无形的力量或什么别的存在。他们中的主角是一位女士，我以前见过她，对她很熟悉了。她高大、魁梧，绝对的健康模样，眼睛纯蓝，面颊粉红，一张嘴显出女学生般的快活和直率。她头发呈棕色，大量头发盘在了头顶上，被牢牢地固定在那里。衣着是社交性的，她穿着华美、昂贵而时尚的服装，衣服里的身体似乎试着要表现自己，尽管有些羞怯，却带有某种勇气，甚至豪侠之气。她的手臂和两腿看上去不那么自在。她并不想穿这些衣服，但她感觉自己必须穿。她将带着微笑、叹息把这些衣服统统脱下丢到一边，说一句："真该感谢上帝，多么彻底的解脱啊！"

她正对背朝着我的一位来访的女士说话。我能盯着她的脸和眼睛看。那双眼睛因自我欣赏而晴朗无云，就像已经晴了很多个星期的天空，还将继续晴朗并持续几个星期，因为还远远未到季节变换的时候——她目光空洞，既不看自己与之说话的女士，也没瞧膝上的小孩。她把脚后跟当作弹簧，精力旺盛地把孩子颠上颠下。她也不看站在离母亲不远处的小女孩。这小女孩注视着，倾听着，所有的感官都舒张着，仿佛所有的毛孔都在吸收以警告、威胁为形式的信息和表示厌恶的训示。从这个女孩身上散发出强烈痛苦的情感波。她被宣告有罪。就在我辨认出这种情感和身在庄重舒适的房间里的这群人的时候，这个场景自己定格为一张出自维多利亚时代老戏剧的社会问题图片，上面有鲜明的字迹：有罪。

背景里有一个男人，看起来不大自在。他是个军人，或曾是军人。他个子很高，身材不错，但他抑制住自己，就仿佛难以维护自己的意志和自尊。他那张没什么特别之处的英俊面庞容易波动，显出痛苦，唇上留的大胡子遮去了他的半张脸。

身为妻子和母亲的女人还在说话。她说呀说呀，一直说个没完，仿佛除了她，房间里或那整个地方就没有别人存在，仿佛她是独自一人，而她的丈夫和孩子（特别是那个因被她认定是主犯而受到控诉的小女孩）都听不到她说话。

“可我简直没想到会这样，从来没有人警告过事情会是这个样子，太让人受不了了。到一天终于结束的时候，除了睡觉我就不适合干别的了，我的脑子迷迷糊糊，乱成了一团……至于读书或别的什么正经事情，都根本就不可能。艾米莉六点就醒了，我已经让她养成安静地躺到七点的习惯，可从那时开始，我就一直在忙着，整天地忙着，事情一件接着一件，要是您以为在某个时候我还能感觉到自己是有头脑的人，那恐怕您是在开玩笑了。”

那男人一动不动，直挺挺地坐在椅子上抽烟。香烟上的烟灰烧到一定长度就自己掉落。他皱起眉头，烦躁地朝他妻子看看，赶快把烟灰缸拉近一点，借此表示他此前应该记得使用烟灰缸，但同时又表示要是他想让烟灰这么掉落，他也是有权利这么做的。他继续抽烟。那个五六岁的小女孩把大拇指伸进嘴里。她本人、她的生活习惯遭受批评的压力，使她的脸阴沉而苍白。

她是个黑头发的孩子，有她父亲那样的黑眼睛。她的眼睛里充满了痛苦——她很内疚。

“在没有孩子之前，谁都不知道这意味着什么。我能做的就是不停地忙着干这干那，一顿接一顿的饭、吃的东西，更不用说给予孩子应有的关心了。我知道艾米莉想得到比我给她的更多的时间，但她是这么一个让人费心的孩子，很麻烦，她总是缠着我不让我脱身。她想要我一直给她念书，一直陪她玩，可我要去准备饭菜，吃什么都要由我来定，我整天都在干这件事，您知道这事多么麻烦，让人没有时间做必须做的事情，我简直都没有时间用在孩子身上了。去年有一阵子我设法找了一个女孩帮忙，但实在是弊大于利，真是的，所有的麻烦和危机都得由我来应付，那帮忙的女孩占用我的时间可不比艾米莉少。我确实在午餐后有一个小时留给自己，让自己歇一歇脚，但我可不觉得自己有精力给孩子念书，更不用说管孩子的学习了。谁知道这有多麻烦？这意味着什么？没人知道，孩子们对你做的就是把你搞得筋疲力尽，我已经不是以前的我了，恐怕我自己已太清楚不过。”

坐在她膝上的孩子有两三岁，人很重，显得很被动，穿着带潮湿味的毛衣。此时，母亲颠得更快了。当周围的世界颠上跳下的时候，他的眼睛呆滞无光，淌着口水的嘴张开着，有些松弛，胖乎乎的脸蛋抖动着。

那位丈夫虽然显得很消极，但确实带着懊恼，怀着内疚。他听着，皱眉，继续抽烟。

“可人怎么能在什么都得不到的情况下付出那么多呢？我什么都没有了，精力都耗尽了。到吃午餐时我疲惫不堪，想做的就是去睡一觉。想想我以前是什么样子，我以前是什么劲头！过去我从不觉得累，我从没想象过自己会成为抽不出时间读书的那种女人。可我现在就是如此。”

她不由自主地叹了口气。这个高大、强壮、自信的女人，就像个孩子，就像孩子一般需要理解。她坐在那里审视自己从早到晚的内在需要。没有别人在场倾听她，因为她感觉是在对自己说话：在场的人都不能听或不会听。她陷入困境，可不知为什么会这样感觉，因为她的婚姻和子女正是她先前自己想要并视之为目标的——是社会为她选择好的。她受的教育或个人经历都不是为她现在的实际感觉而准备的，她在苦恼和迷惑中被孤立起来，有时甚至让人相信她也许有些病态。

这个小女孩，艾米莉，已离开了她紧紧抓住的椅子，刚才她把这椅子当作那阵责骂风暴的避难所。此时，她跑向她的父亲，站在他的膝头，眼睛盯着她母亲——那个威力无比的女人，她的权势太伤人。她缩起身子越来越靠近父亲，而她父亲似乎并未感觉到她。他笨拙地在烟灰缸里磕落烟灰，然后一个本能的收回动作使他的胳膊肘轻轻推了一下艾米莉。她往后退，摔了下去，犹如一股急流或气流涌过时，被甩向后面的什么东西。她飘落在了地板上，脸冲下趴在那儿，大拇指还含在嘴里。

厉声咒骂的声音倾泻着，倾泻着，连续不断，没完没了，什么都阻止不了这声音，什么都阻止不了这情感、这痛苦，阻止不了这始终不渝，注定要引发痛楚、烦恼和困苦的内疚。这声音将永久地在那里缭绕，根本无法消除，甚至当它在记忆中减弱时，也必定有一种厌恶和怨恨的永久压力。在我的日常生活中，我会经常听到这种声音，一种恰恰来自知觉另一边的伤感的低声怨诉：在那里，在墙背后的一个房间，依旧存在，一直存在……站在窗前，我看着艾米莉，这个欢快、迷人的女孩总是有不少人围着她，听她唠叨，听她笑，看她耍小聪明。她总能意识到进行中的每一件事，那个群体的一举一动和发生的事情都逃不过她的眼睛。在她与这一帮人交谈的时候，就仿佛连她的后背和肩膀也在获取来自另一帮人的信息。而且她个人处于孤立状态，她的“迷人之处”就像刷了亮漆的壳，她从那里面观察、倾听。使她处于孤立状态的是她强烈的自我意识，即便是她最亢奋的时候、有点醉意或大醉的时候，跟其他人一起唱歌的时候，强烈的自我意识也一刻不离开她。如同她有某种无形的缺陷、暗中的愁闷，也许只有她自己看得见……而对我来说，站在窗前这样观察她，是她回家待在我身边时根本不可能的。

艾米莉可能一点都没看见我。专注于要弄明白伙伴之间进行的事，她的目光很少移向别处。不过有一两次她注意到了我，真弄不懂她怎么会朝我看，我也察觉不到她在看。仿佛她从这个群体的庇护中朝外注视这个行为给了她免疫性，这与在群体中看一个人很不同，要求的是不同的行为准则。长时间若有所思地平视，算不上不友好，只不过相当超然，是她真正的自我显现，然后她会露出欢快、僵硬的微笑。只要她的同伴许可，她就友好地朝我挥挥手。我一离开她的视线，对她来说，我的存在便就此消失，她又回到了群体中，让他们围着，成为她所处境况的囚徒。

正当我站在窗前，雨果在我身边警觉地看着她时，我看到人行道上的人数是如何增加的，现在他们已经有五十多个了。抬头瞧瞧街头场景之上难以计数的挤满人脸的窗户，就可以知道我们有着一个共同点：我们都在疑惑，还要多久这群人或其中一部分人就要启程离去，还要多久“年轻的人们”就要走了……这个日子不会太远了。那么艾米莉呢？她会跟他们去吗？我站在那守望着的黄皮畜生旁边，它从不让我爱抚，但它似乎喜欢我站在那儿，离它那么近，充当它女主人、它爱恋对象的朋友。我站在那儿，心想有一天我走近窗户会发现对面的人行道空无一人，街道清扫工在用水和消毒剂冲洗，洗掉那个群落留下的所有痕迹。雨果和我将会孤孤单单，我会辜负自己的职责。

她每天早晨确实和她的黄皮动物坐在一起，她喂它肉类替代品和蔬菜，爱抚它，对它说话。晚上，她带它进入她的小房间，她睡觉时，它躺在床边。她一如既往地爱它，这是没有疑问的。可她不能把它也容纳进她在人行道上的真实生活。

有一个傍晚，她在外面的生活正处于最活跃、最喧闹的时候进来了，此时正是黑下来的天空不同高度的灯火开始显现的时候。她进来了，带着一种惴惴不安的神情——她想在我面前掩饰一下。她对雨果说：“来吧，跟我来，我介绍一下你。”

她忘记了以前的经历？当然不是，但似乎对她来说，事情是可以改变的。此时她在那边挺有名了，不仅如此，她还必须让自己感觉是这个特定群落的创始成员之一：她对这个群落的形成起过作用。

雨果可不想去。不行啊，它实在不想跟她去。可它对可能要发生在她身上的事情怀着责任心。因此它站起来，以表示它愿意去，或至少同意和她一起去。

她在前面引路，它在后面跟。她没有给它套上沉重的铁链。她想借自己未受保护的动物，使她的群体对他们的行为负起责任。

我看着这年轻姑娘穿过马路，她穿着厚裤子、靴子、短上衣，戴着围巾仍显得单薄、脆弱，她的狗谨慎地跟在她后面。当她站在大声喧闹个不停的人群外围时，她很明显害怕了。这些人似乎总是因内在的或储备的激情之火而燃烧。她为了安抚那只狗，一直把手按在它头上。人们转过脸看见了她，看见了雨果。艾米莉和她的动物都背对着我。这伙人的脸，我能跟艾米莉和雨果看得一样清楚。我可受不了眼前的情景……假如我自己在那里，我会想到逃跑，从那里脱身……但她坚持了一段时间。她的手一直在下面，靠近雨果的头，抚摸它的耳朵，轻轻拍它，安慰它。她平静地在人丛中走动，决意做个实验，试探她在这些人中的地位。她和狗一直待到夜幕降临。喧闹的人群被灯光和黑暗混合的夜色吞没，然而喧闹声却增大了许多——笑声、提高的嗓门、酒瓶的叮当碰撞，四面八方地传向那些窗户里此时已看不见了的观望者，传达着令人兴奋或恐慌的消息。

她带着狗进来时显得很疲惫。她很伤心，很接近于我这个上了年纪的人平常的生活状态。她吃着豆子沙拉和一小块面包时，眼睛看着我，似乎实际上是在看我们坐着的房间。至于我，我充满了忧虑。我相信她感到伤心是因为她已认定她的雨果无法安全地跟着群落远行——我觉得想到这一点简直要使她发疯，她已决定跟那些人在一起，因此只好丢弃雨果。

吃完饭，她在窗前坐了好久。她盯着那个她通常也在其中的场景看。那只动物没有坐在她身边，而是静悄悄地坐在角落里。如果它知道情况，那么可以相信，它正在或将要哭泣。它内心在流泪。当痛苦袭来，它的眼皮就垂下，并会剧烈地颤抖。

艾米莉去睡觉时，唤了它好几次。它终于慢慢地去了，迈着轻轻的、庄重的步子。但它处于内在的与她的隔离：它在进行自我保护。

第二天早晨，她提出要出去找有食品供应的地方。她已经有些日子没这样做了，我再次感到这是因为她打算离开，才把这当作象征性的表示抱歉的姿态。

我们两个默不作声地坐在长房间里，由于是中午了，阳光已从这里离去。我待在房间的一边，雨果沿着房间的内墙舒展身子趴着，头靠在爪子上。它待的地方从上面的窗户外朝里看是看不到的。

我听见外面的脚步声停了下来，然后转为偷偷摸摸靠近的响动。我们听到此前很大的嗓门忽然变成了轻声细语。

是一个女孩的声音？不是，是一个男孩，不过也很难说。

窗口出现了两个脑袋，想看清相对昏暗的房间里面——外面的光线非常耀眼。

“就在这儿。”楼上梅塔家的一个男孩说。

“我在这个窗口见过它。”一个黑人青年说。我曾注意过他经常在人行道上和其他人在一起，一个苗条、灵活、讨人喜欢的男孩。第三个脑袋在两个中间钻了出来：一个白人女孩，也住在公寓楼区里。

“炖狗肉，”她挑剔地说，“我可不想吃这东西。”

“哦，再往上一点，”黑人青年说，“我看到我们的食物了。”

我听到一种簌簌的响动。是雨果，它在发抖，爪子在地板上簌簌地响。

这时那个女孩瞧见我坐在那儿，认出了我，咧开嘴，装出那帮人应付局外人时轻松、不在意的笑容。

“啊，”她说，“我们还以为……”

我说:“我还住在这儿，还没有离开。”

三张脸转回去匆匆互相对视了一下，棕色、白色和黑色的三张脸，都一齐做出“我们惹麻烦了”的鬼脸。他们的脸消失了，窗口又空了。

雨果柔声发出呻吟。

“没关系了，”我说，“他们已经走了。”

簌簌的声音增大了。此时这条狗抬起身子，努力想保持尊严，蹑手蹑脚地朝厨房门口走去。厨房是所能走到的离危险的窗口最远的地方。它不想让我察觉出它丧失了自制。它为丧失自制感到羞愧。我刚才听到的呻吟声也是同等的羞耻，因为这说明它害怕了。

当艾米莉以乖女孩、父母的好女儿姿态进来时，时间已是傍晚。她很累，得跑好些地方才能找到有食品供应的地方，但她很满意自己的成绩。由于是冬天，配给的定量极少，已经吃完了，也就是甘蓝、土豆、卷心菜和洋葱而已。但她设法搞到了一些鸡蛋、一点鱼，甚至还有一只香味浓烈、尚未干瘪的柠檬（一个意外的惊喜）。在她炫耀完了她的战利品之后，我对她说了中午发生的事情。她兴奋的情绪当即没了踪影。她不出声地坐着，脑袋耷拉着，眼睛躲开我，隐藏在厚重、苍白、紧紧合上的眼皮里。然后，没有看我，她转身去找她的雨果，去安慰它。

一会儿，她到人行道上去了，在那里一直待到很晚。

我记得自己是如何在黑暗里一直坐着。我要推迟点燃蜡烛的时刻，怕从路对面可以看到我家窗口的那一方光亮，又会让那些“食人族”想起房间里的雨果。此时雨果已回到了靠墙的地方，待在这个地方不容易被看到。它静得就像睡着了，可它眼睛睁着。当我点燃蜡烛的时候，它一动都不动，连眼皮都没眨一下。

回顾当时情景，我看见自己坐在带有舒适旧家具的长房间里，艾米莉的东西则在那狭小的空间里由她自己摆放开，那只黄皮动物静静地趴着，忍受着痛苦。而在那里充当背景的是那面多重含义的墙壁，它可以很容易就消融掉，所有外面的生活、焦虑和时间的压力也都随之消融，当然也创造其自身的氛围。墙竖在那里，隐隐现出被昏暗的光亮遮蔽的水果、树叶和花朵的图案。那是我当时看到的墙的样子，是我们所看到的。昏暗烛光下的长房间，里面有我和雨果，心里想着跑到路对面人群中的艾米莉，那里的人群在变换、减少、稀疏和离去。在我们后面那个不确定的移动、消融和变化的区域，那里的墙壁、房门、房间、花园和人们，都像飘浮的云似的持续进行着自身的再创造。

那个夜晚有月亮。似乎外面比我房间里更亮一些。人行道上挤满了人。喧闹声此起彼伏。

显而易见，人群分裂成了两部分，一部分正打算上路。

我在这部分人中寻找艾米莉，但没能看见她。后来我看见了她，她和那些要留下来的人待在一起。我，雨果，还没准备好要踏上征程的那部分人，以及数以百计在周围和上面窗边的人，我们都眼看着启程的人四五个一排，形成军团似的组织。他们似乎并没有带多少东西，不过夏天已经不远了，他们前往的那片国土至今还没有（或者只是我们相信还没有）遭到严重的劫掠。他们中的大多数人都非常年轻，许多人还不到二十岁，但也包括了一个有父母和三个小孩的家庭。一个朋友抱着他们家的一个婴儿，母亲用吊带把另一个婴儿系在背上，父亲则把最大的孩子扛在肩膀上。这群人的领袖由三个男人组成，既不是中年人也不是年纪更大的人，而只是年轻人中年龄较大的人。他们中的两个带着他们的女人走在队伍前面，另一个在队伍末尾，带着两个依恋他的姑娘。这队人总数约为四十人。

他们有一辆平板车或叫行李车，和飞机场或火车站使用的那种很相似。上面装了成袋的块根蔬菜和谷物，还有踏上征程的人的小包裹。在出发前的那一刻，还有一对年轻男女，尽管笑着却仍有些羞愧地（至少是不够自然地）将一个软绵绵、渗出血水的硕大口袋放到行李车上。

车上有细长的苇草束——当时有人挨家挨户叫卖这种东西。三个女孩将苇草束当火炬点燃拿在手里，队伍的前面、后面和中间各一个。在并不完全缺少光亮的街上，这些火炬显得太耀眼了。他们沿西北方向的道路出发了，燃烧的火炬就在他们头顶附近滴着火星，真够危险的。他们在唱歌。唱的是“指引我回家的路”，好像他们丝毫没有意识到歌词伤感得要命。他们唱“我们就住下不走了”和“顺河岸而下”。

他们走了，可人行道上还留着许多人。他们似乎有点闷闷不乐，不久就散去了。艾米莉默默地进来。她找雨果——它已经回到靠墙的位置。她坐到它旁边，把它的上半身拉到她腿上。她抱着它坐在那里，朝它弯下身子。我可以看见那个黄皮大脑袋倚在她胳膊上，终于听到它发出咕噜噜的声音。

现在我知道，尽管她一心想跟那些迁移者一起去开辟野蛮赌徒的前程，但她不准备以牺牲她的雨果为代价。或者至少说，她处于矛盾之中。我敢这么希望。可即便如此，我也疑惑为何自己把她是否留下看得那么重要。留在谁的身边？我吗？我相信她留在那个男人将她托付的地方有那么重要吗？我对此怀有的信念便开始暗淡起来：但她能幸存大概很重要吧，可谁又敢断言什么地方就可能是她最安全的地方？我相信她应该和她的动物待在一起吗？是的，我这么相信。听起来当然很荒唐，因为它只是一个畜生。但它属于她，她爱它，她必须照看它，在没有危害的情况下，她不能离开它。我这么对自己说，这么和自己争论，安慰自己——也是和把艾米莉扔给我走掉的那个男人（隐形的指导者）争辩：我怎么知道该做什么？或者我该怎么想这个问题？要是我犯了错，又该算谁的过错？他什么都不对我说，也没留下任何指令。我根本无法知道我将怎样生活，艾米莉又将怎样生活。

墙的后面，我发现一个很高、不是很大、我想是六边形的房间。里面没有什么家具，只是沿着两边摆了一个粗糙的木头支架。地板上铺着生气全无的地毯，有图案，花纹精细的那种，但上边的颜色尚未显现，还处于潜在状态。这里曾经举办过集市或充当过市场，因而留下了大量的旧布、衣料、缝着许多反光小纽扣的小块东方刺绣、旧衣服——这类东西真是什么都有。一些人站在房间四周。一开始他们似乎什么都不做，都是闲散、迟疑的模样。然后，他们中的一个人从架子上乱堆的货物中抽出一件，弯下身子在地毯上找正好可以配上的地方——看哪，那个形状正好和地毯上的一部分相对应。那块布恰好能放置在那个图案上，那个图案也恢复了活力。

仿佛是一个特大号的儿童游戏拼图。不过这不是游戏，而是一项严肃、重大的工作，不仅对切实参与其中的人如此，对每个人都是如此。接着另一个人拿着从架子上五颜六色的布堆里抽出的一块布，弯下身去匹配，然后直起身凝视着地毯。站在那里的人有十几个，都肃静地站着，目光从地毯上的图案转向乱堆中的布料，再回到地毯。识别了以后迅速行动，然后现出愉快或如释重负的微笑，其他人投来祝贺的目光……这里没有竞争，唯有最庄重、最慈爱的合作。我走进房间，像他们那样站在地毯上往下看没有完成的部分——没有色彩的图案，除去那些已经配上合适布块的部分，其他部分闪着暗淡的微光，就像已被漂白过。而配上合适布料的部分则色泽鲜亮，已大功告成，完美无瑕。我也寻找可以给地毯带来生命的碎布料，还真找到了一块。我弯下腰去，在某种压力再度移到我身上之前，进行了配对，而且正好合适。我认识到周围各个地方——所有别的房间里的人们，都会转而聚到这里，目睹这个中心行为，找他们用来配对的布料。他们也会放下这件事，转向别的工作。我离开这个很高的房间——它的天花板高得都消失在了黑暗中，我觉得我在黑漆漆的顶上看到一颗星星在闪亮。房间的低处处于明亮的灯光中，这灯光就像舞台照明，将聚集在那里的沉默身影圈在其中。我离开他们继续往前走。那个房间不见了。我转过头想再看看它以便确定它的位置时，却找不到它了，但我心里清楚它在那里等待，我知道它没有消失，那项工作还在继续，必须继续，它将一直继续下去。

这段时间感觉似乎绵延无尽，但事实上这段时间并不长，也就是几个月吧。发生了那么多的事情，每个钟点都好像因新的经历而拥挤不堪。不过从表面上看，我所做的就是安静地生活在那里，在那个房间内，跟雨果和艾米莉在一起。而从里面看则混乱无比……每当人的生活处于一切都在变化、迁移、毁灭（或再造，但在当时并不总能得到证实）的状态时，就会有一种无助感袭上心头，犹如一个人在一股旋风或一台离心机中旋转。

可我没有选择的余地，只能先前怎么做就继续怎么做。旁观和等待。在大多数情况下就是旁观。艾米莉……这几年她似乎一直是个陌生人。当然实际情况并非如此，因她而引发的焦虑会延续几个小时之久。那个黄皮动物令人忧郁地将它的悲伤吞咽下去——我发誓这是事实，虽说它不过是个动物。它决意克制，不把痛楚表露出来，要么默默坐在窗前可用帘子遮掩的一个地方（一有情况便于它往后或往下躲闪），要么以哀痛者的身份伸展身子靠墙趴着，头靠在前爪上，那对绿眼睛呆滞地睁着。它一个钟点接一个钟点地趴着，陷入深思。为什么不能说它在深思呢？它思考，它判断。假如我们不带成见地去观察，就会发现动物们能够这样做。我总要在某个地方说一说雨果，因此还是在这里说了吧。我想这类表述免不了要引起不少议论，但我绝非要宣扬什么“动物与人同性说”。我们和动物都有情感生活，我们一贯自我吹嘘人的情感比动物的情感要错综复杂得多。也许一只猫或一只狗唯一不通晓的情感就是浪漫的爱情了。可即便在这一点上，我们也不是没有疑问。一只狗对它的男主人或女主人的情感奉献，不是充满悲伤和渴求、呻吟着“给我，给我”的爱，那又是什么？雨果对艾米莉的爱又是什么？至于我们的思想、我们的智力构成、我们的理性主义和逻辑思维、我们的推论等等，可以确定无疑地说：猫、狗和猴子不能制造出飞向月球的火箭，不能用出自石油副产品的原料织成人工衣料，但当我们坐在这些智力的废墟上，就难以给它们多高的估价了。我觉得就像彼时高估了它们那样，此时我们又低估它们。它们得重新给自己定位——我相信那会是相当低的位置。

我想在整个这段时间，人类一直被动物们观望着，它们的洞察力和理解力已经达到了我们无法接受的高度。我们之所以无法接受，是因为假如认识到这一点，我们就会惊慌失措，我们的虚荣心就会蒙羞。我们一直以愚蠢、盲目、冷漠和残忍的杀手和施虐者的身份和它们生活在一起，它们则一直看着我们，了解我们。而这正是我们拒绝承认我们周围动物具备智性的缘由。我们的虚荣心将受到太多震撼，我们对自己的评价将会变得过于可怕。完全相同的思路，会导致一个人一而再，再而三地犯同一种罪或实施同一种残忍行为。要知道，停止做一直在做的和必须认清一直在做的，都会产生剧烈的、令人无法面对的痛苦。

而人们需要奴隶、牺牲品和附属物，许多动物之所以成为我们的“宠物”，当然是因为它们被驯养成了我们心目中它们应有的样子，正像人类可以成为他们所期望的样子。但事情还不仅如此，在我们的整个一生中，我们不管去哪儿，都有看我们眼色行事的动物陪伴，每当它们表现得很高尚时……我们就称之为“通人情”。

雨果，这个粗陋寒碜的动物，在它和艾米莉的关系中却脆弱得如同忠诚的恋人，只要不把它逐出所爱之人的生活，就能使它心满意足。它强加于自己的是：不提要求，什么也不问，不让她感到讨厌。就像我一样，它也在等待。就像我一样，它也在观望。

我许多个钟点都和它在一起。其他时间，我要么在太阳照射到那面墙时，坐着等候墙自动开启、伸展开去；要么到街上走走，和其他人一起获取新闻、谣传和信息，琢磨该怎么办才好，决定暂时什么都不做。我们都怀疑这个城市还能支持多久，它在各个方面都受到侵蚀，它提供的服务有的还在进行，有的业已废弛，它的市民正在出逃，它的食物供应持续恶化，它的法规和秩序越来越依赖于公民自身的忍让、出自本能的自我约束，乃至同病相怜的关照。

等待的紧张气氛中似乎也有新的剧变。其一是来自天气，到来的夏季炎热、干燥，太阳也呈土灰色。我家窗户对面的人行道上又挤满了人。但人们对那里发生的事情已经没有先前那么大的兴趣了，从那些窗口观望的人头已不多，人们对这一切已经习以为常。大家已有好几次经验了，每当又有一个群落出发的时候，街道边缘都会空出一半。我们心情复杂地认识到，机遇已选中我们这条街道充当从这部分城市迁移出去的群落的集合地——父母们即便心里不乐意，也至少知道了自己的孩子在干什么。我们已习惯于看着各种人混合成一群，带着他们可怜的一点行李沿人行道聚集，然后出发，唱着战争时代的老歌或革命歌曲，老一辈听这些革命歌曲就像听色情歌曲一般不顺耳。但艾米莉没有走。她会和其他几个女孩一起跟在队伍后面跑一段路，然后回到家中，郁闷地把雨果抱在怀里。她的黑头发垂在雨果的黄色皮毛上。仿佛她和雨果都在哭泣。两个伤心的动物挤在一起，互相安慰。

其二是艾米莉坠入了情网……我感觉这个表达方式好像不适于我描述的时代。她爱上的年轻人似乎要带领下一个迁移分遣队出发，离开这个城市。尽管他衣着像闯江湖的，但却是个有头脑的小伙子，至少也是个不轻易下判断的沉稳的人。也许从气质上讲，他本该是一个观察家，是这个时代迫使他采取了行动？他绝对是年轻人、受苦人和无依无靠者的天生的守护人。他以此闻名，也因此遭人取笑，有时还受到指责——就幸存的需求而言，这种温情毫无必要。也许这正是他吸引艾米莉的地方。

我相信她对他充满信任，致使她认为可以带上雨果到这个人的队伍中再做一次实验。但这必须得雨果跟她出去，这可不容易，因为它已经感觉到了。它瑟瑟发抖，蜷缩一团。她只得抱住它，对它说："不，我不会的，雨果，我保证不会。你听到我的话了？我不是保证了吗？"

反正就是这么回事，她迷恋上了那个年轻人，属于传统意义上的"初恋"。一般认为有半数的初恋会引起痛苦，会很热烈和当真，就与后来发生的"成人"恋爱一样。这种爱是"第一次"的，因为它可以重新再来，它是"当真"的，因为它至少得到了承认。

我记得当时自己常常感到怀疑，怀疑这些勉强糊口度日的年轻人，除了个别日子或个把小时在某幢废弃的房屋或田野上的棚屋里，他们就没有成双成对独处一室的时候，他们是否还会互相说"我爱你""你爱我吗""我们的爱会永恒吗"这类情话？所有这类言辞似乎越来越像属于已完全过时的境况、场合，成了开启往昔之门的钥匙或进入旧时代的通行证。

然而艾米莉却因爱而受苦，她受痛苦的煎熬，就像这个年龄的女孩那样，新鲜得活像刚出炉的面包，爱上了一个二十二岁的英雄。这个人已经令人费解地，甚至令人恐惧地选择了她。她是从许多女孩中被选中的，而且这成了众所周知的事情。她在人行道上守在他身旁，跟他一起去探险。当人们通知她"杰拉尔德说……""杰拉尔德要你去……"时，他们感到荣幸，甚至颇有些自负。

她会从痛苦立即翱翔到兴奋，在那里站在他身边，她脸色绯红，美丽动人，目光温柔。或者她让自己陷入沙发的一角，独处一会儿，至少离开他一会儿，因为事情都太异乎寻常了，太剧烈了，她需要让自己有点喘息的时间。她因惊奇而容光焕发，对我或她所处的环境都视而不见。我知道她在对自己说：可他选择了我，我……这不能用“我还只有十三岁”来做解释！这是我的时代人们的想法。女孩的身体已为结成亲密伴侣做好了准备。

可这些年轻人过的是集体生活，当他们选择了彼此时，亲热行为显然远离他们关系的中心或支点。个人的满足是不适当的，任何个人的满足都始终与其他人的满足混合在一起，就像要举行某个盛大的进食仪式，每个人都在尝在舔在反刍给他人，在品尝和体验中使别人了解自己，使自己了解别人。这里说的体验包括眼睛的对视、肩膀和身体的摩擦、交谈，还有散发气味的彼此交融。

但艾米莉在参加这种集体行为、集体盛宴的同时，还有着传统意义上的女孩的感觉。我知道，她想和杰拉尔德单独在一起，她会喜欢老式的恋爱经验。

可她从未和他单独在一起。

她想要的是不适当的。她感觉到不该这样，甚至是有罪的，至少有许多该受责备的地方。她显得不合时宜。

我什么都没说，因为我们的关系并没达到我可以去询问或她愿意主动说出的地步。

我所知道的都是我自己能够看出来的：她一而再，再而三地被她内心膨胀的强烈需求所充满；这种需求使她眼睛闪亮、身体震颤，致使她自己都被惊呆了；它们绝不可能因空房子地板上或田野某个角落的一次拥抱而得到满足。她周围生活中的事情都在继续，但杰拉尔德总是处于中心地位。凡是她投入某项工作或承担某种责任的地方，肯定都有他在场，他那么果敢、有效地忙于重要的事情，而她，艾米莉，却鬼迷心窍，听任欢乐和悲伤交替肆虐。假如不妥的眼神或言辞暴露了她的感觉，接下去会怎么样？她就会失去这个与这些人共处的家，不再属于她的群落……这就是为什么她如此经常溜回家里，爬到她亲近的雨果身边，伸出胳膊搂抱住它。这种时候它可能发出一声沉闷的呻吟，因为它很清楚她让自己派什么用场。

情景并列的状况出现了。艾米莉把脸蛋靠在粗糙的黄色毛皮上，一只还显得稚气的手拢住一只丑陋的狗耳，她那绷紧的身体表达着饥渴和向往。我旁边的墙开启了，再次提醒我它可以多么轻而易举和出乎意料地这样做。我走向里面有声音传出的一扇门。有狂热的笑声、尖叫声和抗议声。我打开了门，那个地方的氛围刺激、封闭、狭小。这是一个色彩鲜明的世界，颜色都像旧月历那般单调、庸俗。一个闷热的地方，每样东西都非常大，比原物要大，难对付——我又被局限在了孩子所看到的情景。很大和很小，强烈的感情和它的无足轻重——自相矛盾、不可能发生，在进入那个特定地带的时候，这一切构建和形成你所看到的物质的成分。这是一间卧室。火又是在金属护栏后面的壁炉里燃烧。又是一个既厚又重的吸引人的房间，像空气一样，还伴随着时间，可以听到一只钟的嘀嗒声，这嘀嗒声充当了人的每一瞬间和每一缕思绪的背景。房间里充满了炽热的亮光，护栏里红色的火光，带着阴影穿越各个墙面，跨越天花板，还映照到遮住两张床对面墙的又长又柔的巨大白帘子上。这两张床是孩子父母的床，丈夫和妻子各自的床。

出于某种原因，这些帘子虽然很轻柔，却使我内心痛苦万分。它们用白色的细麻布或平纹薄纱制成，织进一个突出的点，然后就是一道道的纹理。白色使帘子明亮而透明，便于阳光进入，但夜晚的空气则被它掌控，增加它的厚度和重量，幕布一般悬挂着，隔绝空气和光线，映照着金属护栏后壁炉里的炽热火光。

在房间的一边，母亲坐着，把总是穿着带潮湿味毛衣的婴儿抱在怀里。她心思都在孩子身上。在对着帘子的大座椅上，军人模样的男人两膝分开坐着，把小女孩抓到两膝之间。站着的小女孩在尖叫。在他脸上，胡子下面，现出一点绷紧的微笑。他在胳肢孩子。这是“游戏”，睡觉前的“游戏”，一种惯例。这个年龄大一点的孩子成了游戏的对象，被弄得很疲乏，在被送到床上睡觉之前得到允许受到关注。这是当父亲的在替当母亲的尽责任，母亲应付不了女孩白天的需求——艾米莉的需求。女孩穿着一件长睡衣，手腕和衣领处都有饰边。她的头发都梳整齐，用发带系上了。几分钟之前她还是身穿白睡衣的干净、整齐的漂亮小女孩，头发上系着白发带，可此时她热得流汗，身体扭来扭去，逃避男人硬伸进去摸她肋骨的大手，逃避凑得那么近的那张现出私自满足表情的残忍大脸。这个房间似乎充满了炽热的痛苦，既害怕被牢牢地抓住，又必须得被抓住和受折磨，因为只有这样她才能取悦抓住她的人。她尖声叫道：“不，不，不，不……”她很无助，身体在这个男人的探摸下暴露无遗。

那位母亲漠不关心。她不知道正在进行的是怎么回事，也不知道小女孩所受的罪。因为这是“游戏”而已，尖叫声和抗议声她自己童年时就有，因此这很适当，很正常，是得到许可的。她没有任何反应，表现出全然不知的冷漠。在当父亲继续干那事的同时，她柔声细气地对她那感觉迟钝、张开嘴的婴儿说话。男人时不时拿眼瞅他妻子，脸上的表情复杂极了：其中有愧疚，但他对此不自觉；其中有诉求，因为他感觉事情不对劲，应该停止；其中有惊讶，因为她竟然允许他这么做，她不仅没有反对，还主动鼓励他玩这个“游戏”。上述这一切交织在一起，这种表情在其他任何时候都不会在他脸上出现，这是一种对不可能存在的事情根本无法置信的表情。他让自己的两膝松开了一下，假装要把女孩放走。女孩差点跌倒，伸手抓住一个膝盖来站稳脚跟。可就在她可以逃走之前，男人的两膝又从两边夹过来，再次把她抓牢。手法精湛的折磨又开始了。“没事的，没事的，艾米莉。”这个大人物嘟囔着，话语带着烟草和脏衣服的怪味涌向她。“哎，就这样，你看就这样的。”他一边继续说着，一边用比她肋骨更粗的手指伸进她身体两侧。她尖叫起来，向他求情。

这个场景如火星般熄灭，如梦魇般消失，现在同一个男人坐在同一个房间里，只是换到了靠近床的椅子上。他穿了一件很重的棕色晨衣，是军人服装，用某种非常厚的粗糙毛料制成。他抽着烟，坐在那里盯着妻子看。这个高大、健康的女人正快速、利落地脱去衣服，丢在靠近炉火的她那边的床上。可此时已是夏天，壁炉里依然烧着红红的火。帘子耷拉着，纹丝不动，非常白，却反过来凸显黑玻璃区域里映出的那个男人、这个房间和女人的动作。她没有意识到她丈夫坐在那里看她裸露出来的身体。她在说话，对他和她自己编造这一天干的事情："四点钟的时候，我都累坏了，女仆只干半天活，小贝贝整个上午又都醒着，他就是不睡觉，而艾米莉今天一直缠着我，要这个，要那个，还有……还有……"她的怨诉在继续，其间她裸着身子站着，四下环顾找自己的睡衣。她是个有着洁白皮肤的丰润、结实的女人，她的乳房又小又圆。对于一个生过两个孩子的女人来说，乳头还新鲜如处女，小巧且带着不大的粉色乳晕。她那浓密的棕色长发垂落在背上。她先是抓挠自己的头发，然后抬起胳膊抓挠腋下，露出了缕缕棕色长毛。她的脸上显出非常满足的表情，这种表情要是她自己看到了也会心惊肉跳。她又抓挠了另一边的腋下，然后放任自己用两只手性感地抓挠两肋、臀部和腹部。她的手到此为止，没再往下。她站在那里起劲地抓挠了挺长时间，有两分钟吧，活力非凡的手指经过的地方，红红的痕迹在洁白、结实的肉体上显现。有时她还假装成冷的样子，激起快乐的剧烈战栗。她丈夫静静地坐着看她。他把烟卷送到嘴边，深深地吸了一口，然后慢慢地吐出来，让烟从半张开的嘴和鼻孔涓涓流出。

他妻子已结束了那一通抓挠，正用力把自己套进带粉色点点的棉睡衣。她穿着这睡衣就像快活的女学生，脸上不自觉地露出对睡眠的渴望。她想象自己已飘向了无忧之乡。好像丈夫不存在似的，她动作利索地上了床，一下子躺下了，翻过身背对着他。她打了个哈欠。这时她想到了他：她该在让自己进入无上快乐之前先表示点什么。她转过身说"晚安，老东西"，接着面向着他马上进入了梦乡。他继续坐着抽烟，现在他可以从从容容、毫不掩饰地细细观察她。他此时的感觉有愉悦、不敢置信，同时一种刻板的节制也显露出来，从外表上看如同一种精神疲惫，甚至是一种生命力的缺乏。这种刻板节制很早以前就已形成对他自己和对其他人的固定判断。

此时，他摁灭香烟，轻手轻脚地从椅子上站起来，仿佛害怕弄醒一个孩子。他走进旁边的房间，就是那间挂着红色天鹅绒窗帘的育婴室，那里到处都是白色的东西。两张儿童床，一张小，一张大。他，一个大个子的男人，小心翼翼走进育婴室上千件小物件之中，走过小的床，走向大的床。他站在床脚，看那已经入睡的小女孩。她的脸蛋红通通的。汗珠停留在额头上。她睡得并不熟。在他看着的时候，她踢掉了被单，侧过身去睡，睡衣拢在了腰间，露出了小屁股和修长的腿的内侧。那男人把身子弯得更低，目不转睛地盯着看……从卧室传来了响动，他妻子翻了个身，也许还说了几句梦话。这响动使他直起身子，现出愧疚却又带着挑衅（首先是恼怒）的表情。对什么恼怒呢？对一切，这便是答案。卧室那边又恢复了安静。在这个高高的房子的低处，一只钟在嘀嗒作响：才十一点。小女孩又翻了个身，仰面躺着，肚皮都裸露了出来，显眼的是她的私处。男人的脸在先前的情绪上又增加了另一种情感。突然间，他不顾这里的一切都这么纤弱，拉过一个床罩盖住孩子，紧紧把她裹住。她当即开始扭动身体，发出微弱的叫声。这个房间热得太过头了。窗户都关着。他打算去打开一扇窗，却想起这样做是被禁止的。他转过身走出育婴室，没再回头看那两张儿童床一眼。男婴安静地躺着，张着嘴，可那女孩则翻来覆去，挣扎着要摆脱出来，摆脱出来，摆脱出来。

在窗户开向整齐的花园的一个房间里——“感觉”是在别的国家的某个地方，和这幢房子里的其他房间都不同。女孩躺在房间里的一张小床上。她长大了一些，身体不舒服，显得很烦躁，比我此前见到她时更苍白、更消瘦。她的黑头发湿漉漉、黏糊糊，散发着一股汗酸味。她的周围，书籍、玩具、漫画书摆得到处都是。她躺不住了，不停地在动，四肢互相摩擦，身体翻来覆去，嘴里哼哼着，小声抱怨，对别人发号施令，俨然是寒热、精力、欲望、怒气和需求的一次大爆发。进来一个高大的女人，注意力集中在她手里握着的玻璃杯上。看到那只玻璃杯，女孩活跃起来，至少可以转移一下注意力，她抬起身子半坐着。可她母亲已经放下了玻璃杯，要转身去干别的事。

“留下陪陪我。”女孩恳求道。

“我不能，我必须去看宝宝。”

“为什么你总叫他宝宝？”

“我真的不知道，当然这时候……他已经大到了……可我总没记性。”

“求你了，求你了。”

“哦，好吧，就一分钟。”

那女人坐在床沿，她的表情总是那个样子：忧心忡忡，不堪重负，有点生气。但她也挺满足。

“喝了你的柠檬水。”

“我可不想喝。妈妈，抱抱我，抱抱我……”

“哦，艾米莉！”

那女人露出满意的笑容，弯下身子，主动迎向前去。小女孩用胳膊绕住女人的脖子，吊在那里。但她没有得到鼓励。“抱抱我，抱抱我。”女孩哼哼唧唧，像是对自己说话，可能她一直都是这样，那女人被她搞得不知所措了。对那发烫的小胳膊，她忍了一会儿，但随后不由自主地摆脱了孩子的胳膊，因为她厌恶自己两手抱着的身体。“好了，够了。”她说。但她并没急着走。责任感使她留下。对什么的责任感？很可能是对生病的孩子。“生病的孩子需要母亲”之类的说法。小女孩发烫的身体充满需求和渴望，她想在爱抚和温暖中安静下来，想躺在坚固大墙一般的身体旁边——这个给她安全感的身体不会胳肢她，不会折磨她和压迫她。在女孩的身体与母亲呼吸正常、平静、自给自足和受责任感支配的身体之间，她们真正希望的东西和信任感毫不存在，根本就意识不到，没有交流，没有相互的安慰。

小女孩躺回床上，然后拿过玻璃杯，急切地喝下去。就在玻璃杯见底的那一刻，母亲站起来说：“我再给你调一杯来。”

“留下陪陪我嘛，留下陪陪我。”

“艾米莉，我不能。你又在闹别扭了。”

“爸爸能来吗？”

“可他忙着呢。”

“他不能为我念书吗？”

“你现在可以自己看了，你是大孩子了。”

那女人拿着空杯子出去了。女孩从枕头底下摸出一块吃了一半的饼干，拿过一本书一边读一边吃，一边吃一边读。她的四肢总是动个不停，翻来覆去，调换姿势。那只闲着的手触摸面颊、头发、肩膀，触摸身体的各处，越来越往下，快到她的阴部，也就是她的“私处”了，但她的手迅速收回，仿佛那个区域是用带刺的铁丝网围住的。然后她抚摸大腿，两腿交叉，又松开，动着，扭着，一边读一边吃，一边吃一边读。

此时，艾米莉躺在我客厅的地板上。

“亲爱的雨果……亲爱的，亲爱的雨果，你是我的雨果，你是我的爱，雨果……”

我心里充满了大人看着孩子成长时的那种异乎寻常的不耐烦和无奈。此时她被圈定在了她的年龄之中，但她又是和墙后面那些场景连接在一起的统一体，墙后面是她这个人的原产地。但她自己看不到，也无法知晓那些场景，我去对她讲也没有用：要是我对她讲，她会认真听，但仅此而已。从她背后那个难以捉摸的地带传来了指令：你是这样的一个人——你必须成为这样的人，而不是那样的人。而她生理年龄的需求，对她的生活下了一笔精准、可预知和钟表般分秒不差的赌注，使她恰恰就成了这样。所以这一切会继续，这一切必须继续，而我必须看着。到一定时候，她会像一个容器那样充满物质和经验，她会被这些“助产士”接生下来，其中有的地方容易辨认、理解，是每个人都熟悉的，有的地方则只能从她做事的方式推断。她会变得成熟——这个理想状况被设想成所有先前经历的借口，是所能达到的顶点，而对她来说这个顶点是不可避免和十分怪异的。顶点之说是我们对事情的认识，我们认为的生物学高峰。她的成长和动物一样，在她生存曲线的最高点圆满完成，然后就是下降，直到死亡。当然是一派胡言，非常荒谬，但这想法也难以压制我对她的看法，难以摆脱我看着她翻滚和依偎在发出咕噜声的黄皮动物身旁时的不耐烦，难以让我承认在她人生的这个舞台上，每一点都与她的前一点那么有凭有据——也许该被归纳或压缩成一个娴熟的、无忧无虑的微笑形象，而我真正期待的（就像她必定处于她内在的某个地方）是这样一个时刻：她从旋转木马和带着她从黑暗进入黑暗的自动扶梯上走出来。彻底地摆脱出来……那么以后呢？

人行道上的生活有了新的进展。这跟杰拉尔德有着密切关系，准确地说，是和他保护弱者的责任感、他与弱者的认同感有着密切关系。他的这种品质不是为幸存保持的那点脆弱平衡所必需的。他那里突然来了一些从九岁到十一岁的孩子，他们都没有家庭可以依靠，都孤苦伶仃。有些孩子有父母，却离家出走了，或者只是偶尔和父母见一面。有些孩子父母全无。他们遇到了什么事？这就难说了。从官方的角度说，这些孩子当然还有父母、家庭之类，要是没有，他们也必须受到照顾或监护；从官方的角度说，这些孩子甚至该正常上学。但这一切并没有付诸实施。孩子们有时候依附到别的家庭，其原因是他们自己的父母不能承受压力，不知道该去哪儿找吃的东西和其他生活用品，或者仅仅是失去了兴趣，把孩子扔出去让他们自己生活，就像人们曾对不再喜欢的狗和猫所做的。有的父母因为暴力事件或流行病去世了。还有的父母逃离这个城市时，把孩子丢下了。除非有什么特别关注降临，这些无人照管的孩子，当局通常对他们置若罔闻。不过人们可能会给他们吃的，把他们带到自己家里。他们仍然是社会的一分子，希望被社会接纳，在人们的居住区闲荡。他们和那些我不久就必须描述的孩子很不相同，那些孩子完全将自己置于社会之外，是我们的敌人。

杰拉尔德注意到有十二三个孩子简直就是以人行道为家，便开始把他们组织起来进行照料。艾米莉当然对他这么做很敬慕，在不可避免的批评面前为他辩护。人们说大多数老年人都死到临头了——我可以肯定上年纪的人会为此增加一层恐慌，但这种说法已无足轻重，因为弱者不可避免地要陷入绝境。这已经发生了，多愁善感在这里已没有用武之地。但杰拉尔德表明了立场。当人们想要把这些孩子赶走时，他开始保护他们。他们睡在人行道后面废弃的空地上，人们纷纷抱怨散发的臭味和那里的杂乱无章。不久也许会发生我们最担心的情况：当局出来干预。

周围到处都有无人居住的空房子和公寓，大约半英里以外就有一幢居住条件不错的挺大的空房子。那里早就不供电了，不过那个时候很少有人还能付得起电费。自来水还通着。窗户已被打碎了，但底层装上了百叶窗，上面楼层的窗户则用旧的聚乙烯板挡上了。

杰拉尔德已成为这些孩子的父亲或兄长。他给他们吃的东西。部分食品是他从店铺讨来的。人们非常慷慨。奇怪的是，互相帮助、自我牺牲与冷漠无情并行不悖。他还出城远行到尚能买到或偷到生活用品的乡村。最能解决问题的，是房子后面有一个大花园，他教孩子们如何耕种这块土地。大一点的孩子用枪、棍、弓箭或弹弓武装起来，日夜守卫这个花园。

就这样：温暖，友爱，像一个家庭。

艾米莉自己相信已经得到了一个现成的家庭。

此时开始了一个不寻常的新时期。她和我一起生活，说“受我照看”是开玩笑，但这仍是我们相处的理由。她自然是和她的雨果生活在一起，她不忍心离开它。然而每个傍晚，在一顿晚早饭之后（我甚至为了更适应她的新生活而把早饭安排在特定的时间），她会说：“假如你不在意，我想现在我要出去了。”她并不等我回答，而是给我一个有点内疚，甚至逗乐的微笑，然后像履行一个私密仪式一般亲吻雨果，这个小仪式犹如一个协议、一个诺言。再然后，她就走了。等她回来的时候，通常上午都过去了一半。

当然，我担心怀孕的事情。可依照我们交往的常规，我还不可能向她询问什么。无论我怀疑什么有可能成为把她拖下水、毁灭她的负担，她都会这样来回应我：“哟，真是这样吗？别人有了孩子也都有办法对付，难道不是吗？”我也担心她对新家庭依附的程度会越来越大，以至于完全迷失，离我们（雨果和我）而去。我们两个可一直在等她。等待成了我们的职业。我们一直互相为伴。但它不属于我，它不是我的动物，绝对不是。它为艾米莉而等待，倾听：它的绿眼睛坚定而警觉。它时刻准备起身到门口去迎接她。她出现前几分钟我已知道她要回来了，因为还隔着几条街之遥，它就嗅到、听到或凭直觉知道她的存在。在门口，两双眼睛——绿色的和淡褐色的一对接，便喜形于色，兴奋不已。这时她拥抱它，喂它吃的，然后去洗澡。杰拉尔德的公社里还没有盆浴或淋浴设施。她穿好衣服，立即又到人行道上去了。

这个时期似乎也无休止地延续下去。那个夏天很漫长，天气一天接一天没什么变化。炎热，闷气，嘈杂，满地尘土。艾米莉与别的女孩一样，因天气炎热而摆脱了出于实用目的不得不穿的厚衣服，回归了旧时的时尚服装。她又把那台旧缝纫机翻了出来，将货摊上淘来的旧衣服改成合身的鲜艳、怪异的女装，或者就把旧女装穿在身上。人行道上的景象在我这样年龄的人看来非常古怪，因为不同时期的时尚服装都在同一时间展示出来，想要抹去诸如“那一年我们穿的……”这种回忆的时间顺序。

每天从午后开始，杰拉尔德连同住在公社那所房子里的孩子们，会出现在人行道上，因此艾米莉每天就只有两三个小时和她的“家庭”分开，回家探望一下，换换衣服，洗个澡。每天傍晚有一个小时左右的时间，她和我一起吃饭。或更准确地说，和雨果一起吃饭。我也觉得，这短暂的居家时间，从情感方面说对她非常必要——她需要从她的激情和幸福感中稍事休息。在那所房子里，是越来越强烈的快乐、成功、满足、工作、制作和被需要。她仿佛是某个从狂风暴雨或震天动地的乐队演奏中笑着逃出来的人。为了准备再次翱翔，她会降落在我的沙发上，舒服地坐着，对整个世界友善地微笑。她不管身在何处都禁不住要微笑，因此人们就老看她，然后过来跟她搭话，触摸她，分享从她身上流溢出的活力，正是这种活力形成了一个生命的水池。但在这张喜悦的脸上，我们仍然能看到她的疑惑：可为什么是我？这样的事竟然发生在我身上！

哦，当然，这般强度无法持久。还处于顶峰之时就有了不好的苗头：她常常陷于一定程度的沮丧、劳累和烦恼之中，这使得一个多小时前的亢奋情绪显得那么不可思议。此后她又将投入到快乐之中。

不久我就看出艾米莉并不是杰拉尔德唯一喜欢的女孩，她也绝不是帮助他料理那个家庭的唯一女孩。我看出她对自己在他身边的地位没有把握。她有时不去他那所房子，而是跟我待在一起。我相信原因在于她想要“做给他看”，或者甚至是要证明自己还具有独立的意志。

从那些谣言传播场所，我听说那个年轻人——杰拉尔德“勾引那里所有的年轻女孩，真令人震惊”。听到勾引啦不道德啦令人震惊啦这类过时的词语真觉得可笑，他们闲得无聊这个事实也使这类词语显得苍白无力。市民们跑来跑去传播这类谣言，但没有谁真的那么关心十三四岁女孩跟人有性生活。我们退回到了人类较早的生存状态。

那么此时艾米莉是什么感觉？她的情感再度不适应变化了。这段时间一过，仅仅几个星期甚至只有几天时间，她就把自己看作是一个死去的极乐世界的遗孀了。她真想要那段时间永远地持续下去。在那段时间里，她感觉自己是吸引每个人注意的太阳，她对他们发出光和热，这是她和她所爱的杰拉尔德一起创造的快乐。可当她发现自己不再是与他有关系的首要的人、唯一的人，当她感觉自己在应该处于中心地位的地方身份不确定、缺少支持时，便像凋谢了一般，没有了光彩。她变得憔悴，无精打采地坐着，必须强迫自己起身做点什么。发生的事情倒挺合我的心意——我是无能为力。我仍旧感觉她应该跟我在一起，因为那个男人——不管他是监护人、保护人还是别的什么身份，他当时毕竟请我照看她。假如她遭杰拉尔德冷落了（她就是这么感觉的），那么，尽管这令她痛苦，但至少当轮到他带领一个群落离开时，她不会跟他一起离开。如今他已经创建了这个新群体，现在他就离开该多好啊。

我等着，盯着看……跨过一道上面有树叶、花朵、鸟儿、花丛的明亮屏幕，在壁纸上被埋没的图案里，林地的精华都恢复了生机。我穿过的房间似乎从我最后一次见到它们之后都衰败了。墙壁都变薄了，随着空气和时间风化；森林里到处都竖着又高又脆弱的墙，肃穆地直立着，各方面的布局都很适当，却是墙壁的幽灵，就像舞台上摆设的套间。它们高耸到树枝里，在树叶中没了踪影；阳光像水一般平铺在墙壁上，将墙壁清洗干净，上面没有落下树叶的阴影图案。大地把花季送到了里面，到处是新长的青草和新开的鲜花。

我从一个房间到另一个房间，穿过那些非物质的墙，寻找这些房间的占有者、居住者，我甚至在森林几乎接管这个地方的情况下，仍能强烈感觉到占有者、居住者的存在。

有人……没错，确确实实有人。离得很近……我沿着带鳞片状裂纹的墙面轻轻走在青草上面，不发出一点响动，直到到达尽头——那里的横断墙很早以前就倒塌、腐朽了，只要我一回头，最终会看见——不管那是什么……一种强烈的柔性存在，一个熟人，我会认识那张脸，我一直是熟悉那张脸的。可当我走到了墙的尽头，一条小溪在那里潺潺流过草地。溪水非常清澈，以至水底亮闪闪的卵石上的鱼儿都抬起圆眼睛看我，就如同我和它们之间没有水似的，就如同它们在空气里，悬在我的脚边。

我逐个房间漫游过去，这些房间上部都对树叶和天空敞开，地上铺满了往昔世界未受污染的青草和花朵。我意识到这个地方多么广阔啊，都找不到边界或尽头，比我以前见到的要大多了。很久以前，当这些房间厚实、坚固地站立时，作为隔开森林、逃避气候的庇护地，一定有许多人在这里生活，有一大群人，但所有这些人都在不知晓的情况下被一个“存在”征服了，这个“存在”就是他们呼吸的空气。这个“存在”是“整体”，而他们只是其中极小的成分，他们的生和死，连同他们的个人选择和需求，都渺小得就如同一片树叶里各个分子的气数和命运。

我又往回走，朝着另一边就是我“真实”生活的边界地带走，发现那里有一套房间还挺坚固，还算厚实，地板和天花板都还完好。可当我看的时候，却发觉地板正开始下陷，一些地方出现垮塌，随后地板上出现破烂的窟窿。到后来，我发现实际上这些地板不是真的地板，而只是一些铺在绿芽萌生的地面上的腐朽木板而已。我把这些木板挪开，便暴露出干净的地面和活力非凡、干着重建工作的昆虫。我拉开厚重的条纹窗帘让阳光照进来。浓烈的生长气息在闷气的老朽房间里弥漫开。我从那里逃走，使劲要往回穿越那片有细碎树叶的屏幕，离开那个地方或领地，让生长的植物和忙碌的昆虫消失，因为——我必须这样。毕竟决定这一切的不可能是我自己，因为这时候我要从一种生活步入另一种生活，自己的日常生活不可避免地要被打断。并不是我使得那阳光照射的墙变薄，不是我在它背后搭起了舞台。我根本就没想这样。我非常强烈地感觉到是别人命令我做和我必须去做。我正在被利用，被引导，是别人向我展示，我总是被掌控我生活的一只巨手握在手心里，它为达到各种目的而利用我，甲虫或蚯蚓会对我这样的处境有极为充分的认识。

这种感受产生于那面墙后面的经历。正由于这种感受，我在改变。曾经伴随我整个一生的焦虑和渴求，总是与我同在的反抗的怒气，（可反抗什么呢？）都在渐渐减弱。我发现自己更经常的只是等待。我注意看接下去会发生什么。我观察。我静观每个新的事件，看看自己是否能理解它们。

接下来出现的是琼。

一天下午，此时艾米莉已经有一整个白天和一个夜晚跟我和雨果待在家里，没有去那所公社的房子了。一个小姑娘来到门口问她在不在家。我说“一个小姑娘”时，意识到使用这个短语有点荒谬，因为它总是与清纯性情和美丽前景联系在一起，但毕竟她是这样的一个。她人非常瘦，硬实的骨头凸显出来。眼睛淡蓝色，头发暗淡显得有些脏，披到了肩膀，把一张动人的小脸遮去一半。她个子小让人会低估她的年龄，模样看可能是八九岁，可实际上她已十一岁了。换句话说，她比艾米莉小两岁。艾米莉已成了小妇人，并且不牢靠地被“大王”杰拉尔德爱着。而她的乳房只有隆起的一点点，她的身体总起来说还处于“蝶蛹”阶段。

“艾米莉在哪里?”她问道。她的口音，我只想说离“标准英语”实在太远。标准英语曾经用于宣读声明、报道新闻，或出自官员之口。她的口音非常土，我几乎都听不明白她的话。我不是在谈论她使用的言辞，她的言辞那么直白，立马就能让人准确解读。这些言辞固执而强硬地想要一丝不苟地传达含义和用意，完全是教师的表达方式。命令式的“艾米莉在哪里”不是出于粗鲁，而是因为她必须为此付出努力，她决心让人明白她的意思，可以带她去见艾米莉，或者艾米莉应该被带出来见她。这也是因为她没有被培养成相信自己拥有权利的人。但她给自己设定了目标，她想要某些东西并能得到它们。她可以无须借助于言辞、技巧、方式——无须使用权利，而见到她想找的艾米莉。

“她在这儿，”我说，“请进来吧。”

她跟我往里走，和刚才一样怀着坚定的决心。她的眼睛到处看，我脑袋里冒出一个想法：她在给看到的东西标价，或更准确地说，是给看到的东西“估价”，因为“标价”这个词语有点过时了。

她一见艾米莉，稚气的脸上就泛起令人心碎的可爱微笑，充满信任和爱。她不顾一切地跑上前去。今天那个无精打采、忍受痛苦的小妇人，坐在靠窗的一把椅子上，光着的两脚并排靠在她的随从——黄皮畜生身上。而当艾米莉看到这女孩时，她露出笑容，忘掉了她的烦恼——爱的烦恼和天知道还有的别的什么烦恼。两个女孩去了艾米莉的那个小房间。她们之间怀有年轻姑娘间的那种友情，尽管其中一个已是妇人，而另一个还是面容、身体都显稚气的孩子。但据我发现，这女孩并不怀有孩子般的心思，因为她也爱上了杰拉尔德。此前她饱受忌妒之苦，因为受宠的是艾米莉，对艾米莉的憎恨、诋毁与对她狂热、盲目的钦佩交替出现。如今当杰拉尔德被另一个姑娘或别的姑娘们爱恋和侍奉的时候，她和艾米莉成了患难姐妹。

她是上午来的，到了吃午饭的时候，两人从小卧室出来，艾米莉用她那一成不变的来客态度征求我的意见："要是您不介意，我想请琼吃一块三明治什么的。"

到了下午，两人不愿再待在那通风不好的房间里了，便来到客厅。她们坐在雨果两边的地板上，一边谈话，一边轻拍和抚弄那只狗。琼想要在各种实际事务上听取劝告和信息，特别是原先艾米莉负责管理的花园，因为艾米莉对这类事情非常精通。

她真的那么精通吗？艾米莉可没对我谈过这些事情。和我在一起时，她从未显示出对这类事情一星半点儿的兴趣，连对盆栽都没表示过兴趣。

我坐着听她们谈话，由她们的话语去构想那个公社的全貌……在我们城市的各个角落，在那些仍在使用电灯，饮用从水龙头里放出的收费的水，期待有人来收走他们垃圾的公民旁边，就有一些房屋仿佛技术革命从未发生过一样，这是多么奇怪的事情！仅十五分钟就走到了的那所大房子。它曾是一所养老院，有很大的场地。灌木丛和花坛已被清除，现在那里只种蔬菜。甚至还有一间棚屋用来养几只家禽——这又违反法规，但市政当局对此睁一只眼闭一只眼。这个大家庭购买（或以某种方式获取）面粉、干豆类、蜂蜜。不过他们打算去搞一个蜂箱。他们也购买"鸡肉"、"牛肉"和"羊肉"代用品，用它们来调制通常引不起食欲的饭菜。所谓引不起食欲只是对某些人而言，而对于许多年轻人来说，他们一生中就没有吃过别的，因此现在相对于真正的"鸡肉"、"牛肉"和"羊肉"，他们更喜欢吃那些代用品。

那个地方集中了许多小作坊：他们制作肥皂、蜡烛，纺织布料，给布料染色；他们储存毛皮；他们给食物脱水以便保存；他们改造和制作家具。

杰拉尔德那帮人就是这么生活的，如今已有三十人了。他们总要面对扩大编制的压力，因为有那么多人想加入进来，而他们不得不加以拒绝——没有扩大这个公社的空间了。

我对自己听到的这些情况并不感到惊奇。我以前就听过有关这些情况的不同版本。比如，离这儿不远的地方，有一个由年轻的成年人和小孩子组成的公社，那地方连供水系统和排水系统都无法使用。他们在花园里挖个坑，放进一个粗板箱就当厕所，旁边搁一桶灰来遮盖臭味和赶走苍蝇。他们到门外买水，可能的话就拧开总输水管道，到朋友那里恳求借别人家的浴室洗澡——有一次他们来用过我家的浴室。但那个群体已漂流到某个地方去了。这样的群落遍布这个城市各个角落，他们的生活回归了勉强度日的原始状态。先是一所房子的一部分……然后是整所房子……好几所房子……一条街……一片城区。从高楼上往下看，人们便能看到这些野蛮人生活的核心是如何站住脚并向四周扩散的。旁观者最初都怀着强烈的敌意和恐惧。他们发出不满和正直的呼声，但这些还算幸运的人在旁观那帮野蛮人不遗余力开发新技巧和新本领的同时，实际上也学到了不少东西。在城市的某些区域，市郊居住区完全回复到了过去。成千上万的人都在各自种植土豆、洋葱、胡萝卜和卷心菜，并设岗日夜守卫着它们。他们还养鸡养鸭，将污物制成混合肥料，购买或出售水，利用空房间或整所空房子饲养兔子，甚至饲养一头猪。人们不再以整洁的小家庭为居住单位，而以群体和大家族为单位聚在一起。新的居住单位在危难压力下逐步形成。到了晚上，这些地区便隐入一种危险的暧昧之中，没人敢去那里。借着所剩无几的路灯照明，人行道坑坑洼洼，街道也坎坷不平，窗口透出蜡烛摇曳的火苗或墙上、天花板上某个临时光源的微光。即便是白天，在那里走路时也可以看到百叶窗后面忽隐忽现的警惕的人脸，你知道一旦越界，就会有弓箭、弹弓甚至枪支对你发难。那里的人在武器使用方面可是都受过训练，而诸如越界这样的冒险行为无异于对敌人领地发动袭击或回到人类的黑暗时代。

可即便是在刚刚过去的那段日子，我们的社会也还保持着某种平衡状态，还设法生活得就像并没有出什么大岔子，一切还可以补救。统治阶级——可以说这已是一个过时的词语，当时他们很风光，是那种从事管理事务、出席议会和委员会会议、做出决定的人。他们商谈。一帮官僚。国际性的官僚政治。难道这帮人不是永远正确吗？社会的这个组成部分从社会获取最多，只要能以安全、永恒和秩序的假象蒙蔽他人，也就维持了他们自身。

在我看来，凭着良心（仍要求存在某种正义或公道的人性中一种退化的器官），从根本上说是可以做些什么的。有些人一帆风顺，而其他人却挨饿、受挫，大多数人都会在某个方面，或至少偶尔地对此感觉不可容忍。刚开始有极强有力的机制用于维护一个社会，随后这种机制逐渐削弱，接着便腐朽，然后瓦解……不错，当然这没有什么新鲜的，据我们所知，而且非常可能，这从古到今一直贯穿着历史。在我们国家，是否有过一个时期，统治阶级不是生活在尊贵地位或财富的钟形玻璃罩里，对外面发生的事情闭眼不看吗？当这样的“统治阶级”使用正义、公平、公道、秩序或甚至社会主义等词语时，能有什么真正的意义？使用这些词语，甚至可能相信它们，或在某个时候相信它们。可与此同时一切都在分崩离析，而管理者仍是惯常做法，靠掩盖最坏的情况过日子，想用言论、希望和立法将最坏的情况抹杀掉，因为承认真相就等于承认他们的无所作为，就等于承认他们享有的额外安全保护形同偷盗，而且他们免费享受各种服务……

不承认发生了严重的情况，或认为尽管发生了严重的情况，但有一天情况会走向反面，像变魔术那般说变就变！不过参与这个阴谋的不只是“统治阶级”，每个人都以某种方式在这个阴谋中扮演了角色。我们会回到美好的旧时代。虽然说不清是哪个旧时代。那是由性情决定的：假如你一无所有，你就会在梦想和幻想中任意选择。我幻想一个相当优雅的封建时代，当然得没有战争，没有不公正现象。艾米莉既然没有经历过那个时代，也没有受过那个时代的苦，她就想要“富裕时代”[1]再度回归。

我像其他每个人一样玩这个共谋的游戏。在这段时间里，我续订了房子的租约，一订就是七年，我当然知道就像那个时

1. 指第二次世界大战结束后西方国家出现的社会经济繁荣期。

代将会逝去，我们也什么东西都不会留下。我记得曾跟艾米莉和琼一起讨论换窗帘的事。艾米莉想要黄色的平纹细布窗帘，她在一家易货商店里见过这种窗帘。我说我想要更厚一点的布料，可以挡挡外面的喧闹。琼赞同艾米莉的建议：平纹细布，如果穿上合适的线——离这里仅两英里的地方有一个专卖旧条纹布料的货摊——好好挂起来的话，很好看，而且暖和……毕竟较厚的布料（一般来说也更暖和）挂起来挺括，这样窗帘的边缘还可以通风……不错，一旦这种厚布料用水洗了，就皱皱巴巴，不再挺括……这种谈话我们都可以敞开了进行，我们会为做一个决定而花上几天或几个星期。至于真正的决定、必要的决定，诸如不得不完全放弃用电，可能谈不了几句就决定了。我们是身不由己，被迫做决定——正是那年夏天我安排断了家里的供电，实际上也就在琼来访之前。我说的是她的第一次来访，不久她就每天来了，而且总是碰上我们在谈论照明和供暖。她告诉我们在离这里大约十二英里远的一个小镇，有个人出售那些曾经用于野营的设备，他还开发出了各种新的装置。她见过其中的一些，我们也应该去搞一些来。她和艾米莉谈论这件事，决定不只是她们自己去进行这次远征，还要请杰拉尔德跟她们一起去。她们外出了，一天下午临近黄昏时回来，搬回来各种用于照明和供暖的家什。杰拉尔德也出现了，来到了我家客厅。从近处看，这位年轻首领并不是那么令人生畏。他似乎很烦恼，甚至显得凄凉——他那一直盯着艾米莉的眼神包含着焦虑，他待在这里的所有时间都用来向她请教这请教那……她有问必答，她真的是异乎寻常地实际和明智。我渐渐看出他们关系中的某些东西——我的意思是说，下级跟上级也许难以建立起明确的和表面上的牢固关系，对此艾米莉自有应对的法子。超越几乎是传统意义上的女孩爱上帮派头目的事情本身，你看到的是一个负担过重、责任心太重、没有把握、需要支持，甚至很温柔的非常年轻的男子。他此前跟艾米莉和琼一起外出“帮助艾米莉和她的朋友搬运为过冬买的东西”，但他这么做不仅仅是有一副好心肠（他确实充满好心），而且也是要通过这个向艾米莉表明他需要她回到他的大家庭。也许这是一点付出，假如你想嘲弄一下，可以说这是一种贿赂。她并不急于回去。搬那么多东西走了那么长的路，她非常劳累，脸红红的，皮肤晒黑了，模样却漂亮动人。她在他面前卖弄风情，使自己显得不一般和难对付。至于琼，还没有能力玩这种游戏，她默默地旁观，在很大程度上被排除在外。艾米莉感觉到有压过杰拉尔德的力量，便继续利用它。她伸展开身体，尽情展示着自己，玩弄着雨果的头和耳朵，对着杰拉尔德微笑……是的，她会跟着他回到他那所房子，因为他多么想这样，多么想要她。大约一个小时过后，他们出去了，三个人一起出去了。艾米莉和杰拉尔德走在前面，琼尾随在后。那情景看起来就像是父母和孩子一起走——我猜对琼来说，感觉就是如此。

此时，我觉得最应该提出和回答的问题是：为何艾米莉没有选择做一个女首领，成为自己负全责的领袖？为什么不？我当然问了自己这个问题。女人对自己和对男人的态度、女人为自己设立的标准、她们为平等而战斗的勇敢精神、数十年有关她们的角色和功用的苦苦求索——所有这一切使我此时难以简单地说艾米莉在恋爱。为何她不拥有自己的一帮人，自己的一大家，自己勇敢的粮草征收人、小偷、工匠、面包师和自己食物的种植者呢？

为何不是她被人们这么谈到？——“有一所空房子无人居住，艾米莉组织了一帮人，他们就住进去了。是的，那里非常不错，让我们看看她是否也会让我们加入。”

没有什么能阻止她这么做。没有书面的或口头的法规表明她不该这么做，再说她的才干与杰拉尔德或任何别的人比起来丝毫不差。但她没有做。我觉得她是没有想到要这样做。

麻烦在于她确实爱杰拉尔德。而这种对他、对唤起他留心和注意的渴望、想成为唯一支持和安慰他的人的需求（让彼此的联系牢不可破，凭她的经验和温情把他牢牢抓在手里）——这种需求耗尽了她可以成为某个群体首领的主动性。她想要的仅仅是做这个公社首领的女人。当然，她得是他唯一的女人。

这便是事情的经过，我希望它真实可信。

一天下午，我出去探听消息回到家，却发现家里的房间都被弄乱了，准确地说房间里乱得就像墙后面的那个地方，来打扰的可能是“捉弄人的小鬼”或无法无天的行为准则。当我站在那里看见一把椅子翻倒、书本撒了一地的时候，我就是这么想的。到处都很凌乱，空荡荡的，尤其是这个地方让我有一种陌生感。接着，被拿走的具体东西逐件明确起来。配给的食品不见了，谷物、罐装食品和果干这类珍贵的储藏物品没了踪影，还有蜡烛、毛皮、聚乙烯板这类惹眼的物品也不知去向。好了，是闯进贼了，我得庆幸以前还不曾发生过这等事情。可后来我发现自己的一些只在过去才有价值的物品也丢失了：好几个月没使用的电视机、一台盒式录音机、电灯、一个食品搅拌器。这个城市有不少仓库都堆满了已经没有任何用处的电器，于是我想这些贼未免太反常或太没头脑了。我看见雨果伸展着身子躺在房间里临街的墙壁底下，闯入者不曾打扰它。这真奇怪，我刚开始确认这次抢劫令人费解的性质，外面传来的熟悉嗓音就把我引到了窗前。十几个脑袋——孩子的脑袋上面，许多只手在搬运着电视机、成袋的燃料和食品、各种袋子和箱子。这些脸离我越来越近，皮肤有棕的、白的和黑的，这些脸斜着抬起，对艾米莉刚才的声音作出回应：“看看吧，我们太迟了！”意指我已经回家并站在窗口看着呢。我见艾米莉跟在他们后面走过来。她在监管此事：很负责任、气哼哼的样子，命令这命令那。琼也在，就在艾米莉身边。这些脸我都认识，都是来自杰拉尔德大家庭的孩子。

不一会儿，箱子、盒子、捆扎在一起的东西堆进了我的客厅，孩子们从下面钻了出来。地面铺满了被拿走的东西，孩子们开始侧着身子往外溜，他们眼睛朝艾米莉看，却不对我看一眼——可能我处于隐形状态。

“现在你们说对不起。”她命令道。

他们露出了笑容，是那种虚弱、尴尬的笑容：*哦，她可真够唠叨的！*他们都服从艾米莉，但她显得很专横。我可以看出，她已经不是第一次逼他们露出这种尴尬、不自然的笑容了。她究竟在那所房子里扮演怎样的角色，我甚至对此变得更加好奇了。

“这不行，来吧，”艾米莉说，“至少你能来道声歉。”

琼瘦削的肩膀耸了耸，她说：“我们很抱歉。可我们把东西都还回来了，不是吗？”我试图把她实际的发音记录下来：*咱呀恨包气。克咱还啦度回赖了东其，西不西？*

话语表达的这番努力体现了沮丧的能量：和别人一样，这个孩子也是在旧时代里长起来的。在那个时代，最重要的就是言辞，凡事离不开言辞，言辞的交换、言辞的使用，因此这个孩子被所有的财富排除在外。我们（受过教育的人）从未找到一种能和社会下层的人共享财富的方式。就连站在街边的两个女人交换的几句听来的谣传里，也包含着沮丧的爆炸性能量：穷人那贫乏和单薄的言辞总在某个地方含有怨恨的力量（也许没有意识到，但确实存在），这种力量因掌握了技巧而增加，并带来施展技巧之后的满足。在他们的谈话中，怨恨显露的地方像拐杖一样插入经常重复使用的短语，诸如“你知道吗”“你知道我的意思吗”“不是吗”等等，这类词语在他们的话里都充当了重要成分。从他们嘴里出来的言辞（此时从琼嘴里出来）带有劳动阶级发音吃力的特征，我们感到这很可怕，因为就我们而言说话流利不成问题，而对另一些人则并非如此。

孩子们终于出去了，琼在后面迟迟不去。从她环视房间的目光，我可以看出她不想离开。她感到懊悔，不是懊悔他们所做的事，而是懊悔事情的后果，这可能会使她和她所爱的艾米莉疏远。

“这是怎么回事？”我问。

艾米莉卸下了专横的架势，她情绪消沉，又成了雨果旁边一个愁闷、疲倦的孩子。雨果在舔她的面颊。

“哦，他们看上了您的一些东西，就这样。”

“就这样，可……”我感觉要说出来的话就是：*可我是朋友，他们不该偷我东西！*

艾米莉领会到了，她带着淡淡的微笑说：“琼来过这里，她了解家里的东西，所以当那些孩子不知该再去哪里下手时，她建议来您这儿。”

“我想，这还算讲得通。”

“是这样。”她坚持说，用真诚的眼神望着我，这样我就不会无视她的强调了。“是的，确实讲得通。”

“你的意思是说，我不该觉得其中有什么个人原因？”

又是微笑，这种微笑因世故和早熟而令人悲哀，可我用的言辞也实在陈旧，有无说服力得全看依据何种标准了。

“啊，不，有个人原因……就算是表示一种敬意吧！”

她把脸埋在雨果的黄色皮毛里，笑了起来。我知道她需要藏起她的脸，以免显露轻松、热切、善良和聪明。她有两个世界——杰拉尔德的地方和我的家，两者不太安全地交搭在一起。我可以感觉到她的内心，对此我能理解。但在她身上有一种疲惫，一种我弄不懂的张力——虽说我相信已瞥见了她和孩子们这种关系的理由。她的麻烦并不都在于她只是讨杰拉尔德喜欢的竞争者中的一个，而在于这种负担对一个她这样年龄的人显得太沉重了？

我问：“他们干吗要费神拿那些电器？”

“就因为他们来了。”她特别简洁地回答。我觉得她对我感到失望。我搞不明白他们和我有什么不同。这个他们作为一个类别，她有时算在里面，有时不算。

现在她看着我。我可以高兴地说她的眼神并不漠然，但那只是好奇。她心里犹豫着是否尝试和我一起做点什么，会不会引起不满？我会不会理解？

她问我：“您最近去过楼上吗？”

“我想我没有。我该上去吗？”

“哦，好吧，是的，我想您应该上去看看！”一旦她下定决心就不顾一切地往前走，顿时变成了异想天开、快活无忧的小女孩。她很可爱，或是想让父母之类的成年人消消气。她喊道：“但我们必须找些东西搁上去，是的，要这么做。当然假如电梯不运行——那就太糟了，这些日子电梯多数时间都运行不了！”

一会儿工夫，她就把所有房间都转遍了，把所有的电器都集中到一起，只有收音机例外，我们仍然相信离开了它就没法活——此时来自别的国家的新闻就如同来自别的星球，似乎是那样的遥远，不管怎样，那些地方发生的事情与我们如出一辙。我刚才提到了搅拌器、电视机和电灯，现在我又加上了一个电吹风、一个按摩器、一个烤箱、一个烤面包机、一个咖啡壶、一个水壶和一个真空吸尘器。我们把它们都堆进一辆双层手推车里。

“来吧，来吧！”她快乐、温柔地喊道。由于害怕我会生气，她看着我的眼神一直是真诚的。我们推着满载的手推车出去了。大厅里挤满了人：他们在楼梯口上上下下、川流不息，或者等着乘电梯——电梯正常运行。他们笑着，谈着，喊着。下来一群人，脸上放着光、焦躁、生气勃勃、热情洋溢，每个人的样子都像发着高烧。我当然已对大厅里和大楼外面人行道上挤满了人习以为常，但一直不能理解。现在算是弄明白了，我不能理解是因为下面几层沿着走廊的房间都还保持着原样：安静、肃穆，门上标着1、2、3，门后面住着琼斯夫妇一家、福斯特小姐和巴克斯特小姐、史密斯先生和艾里西娅·史密斯小姐——独门出入的小单元，还是旧世界的模样。

我们等着轮到我们上电梯，把装满东西的手推车推进去，电梯上行时塞满了人，他们都看着我们的东西，但显得没有什么兴趣。到了顶层，我们推着手推车进了过道，艾米莉站住迟疑了一下。我能看出来这不是因为她不知道要去的地方怎么走，而是因为她在盘算怎样对我最好，准确地说是怎么对我有利！

顶层的布局和底层完全一样：房间环绕大楼分布，后面有一条走廊，单间不靠走廊，中间是一个庭院，只不过在顶层，庭院当然成了深井或深坑。这里也是一派繁忙景象。门到处都敞开着。我们仿佛走到了一条商业街，人们抱着一捆捆东西，或者推着装了这装了那的旧婴儿车。一个男人小心地将一包贵重东西举过头顶，这样就没人会碰到它了。这让人难以想象大楼下面几层的安静，以及人们要给彼此空间的那种感觉。正对电梯的房间堆满了东西，一直堆到天花板，东西周围有一些孩子低头弯腰给它们分类。一个孩子对艾米莉抬起笑脸，解释道："这是刚运来的，我正在帮着处理。"艾米莉说："很好啊，我很高兴。"她想使这孩子放心。在这次交流中，里面又有什么东西让我感到蹊跷：这个小女孩急于要解释清楚。可我们走进的是另一个房间的入口，那里的墙上有一个不规则的裂口，像是挨过炸弹。这个裂口把这个房间和我们刚刚离开的那个房间连通，堆起来的东西已经遮住了裂口。东西通过裂口用手递过来，或者用各种小推车将某些类别的货物运过来。这个房间是存放容器的——坛坛罐罐、瓶子、圆桶等等，它们用各种材料制成，从玻璃到卡纸板。有十几个孩子在做着将隔壁房间堆着的容器通过这个裂口搬过来的工作。有一样东西是这种市场不会短缺的，有一种货物谁都不会长久缺少，那就是体力，需要的时候人们都可以用双手工作。角落里站着两个年轻人，他们手持枪、刀、指节铜套之类的武器守卫着。等我们走到另一个房间的门口时，情况大不相同，那个房间的气氛要低调一些，不那么活跃，而且没有守卫的人，因此我意识到有两个手持武器的小伙子守卫的房间，里面堆放的东西很有价值，而我们走进的这个房间里的东西则毫无价值，和我们手推车里的东西一样，都是电器。

我们在那儿站了片刻，看那里的忙碌景象，看正在工作的孩子们。

“您看，他们领到工钱，”艾米莉说，“或者得到交换的东西，连上学的孩子都到这儿来干上一个来小时。”

我看到的情景确实如此，在这些孩子们中，有些脸非常熟悉，我在人行道上见过。这些孩子穿的衣服比较像样，比较整洁，可更重要的，他们带有谨慎、节制的“我来这儿是我自己愿意”的表情，这是特权阶层的年轻人在从事有损自身体面的工作时的显著特征。简而言之，他们在这里做的事情相当于过去中产阶级孩子们所做的假日工作——为公司包装货物、在餐厅做清洁工、站柜台卖东西。不错，没有艾米莉的话，我不会及时注意到这种情况。可为了加快事情的进展，她敏锐的眼睛一直盯着我。她确实感觉我融入得太慢，适应得太慢。当我似乎表现得慢一拍，没有像她认为应该的那样迅速理解时，她就自己出来解释。看起来随着人们为逃离这个城市而把上面这些楼层腾空，商贩们便搬了进来。这是一幢大型建筑，比大多数房屋更沉重，建筑质量也更好，厚实的地面能够承重。在政府征用所有的垃圾场之前，梅塔先生已买下了一个垃圾场的经营权。还有好几个人参与了这门生意，其中有杰拉尔德的父亲，他一度经营化妆品制造。来自垃圾场的可用的东西被运到这里，进行分类，主要由孩子们完成。人们上楼是来做交易的。许多货物又被搬下楼，进入街上的市场和店铺。

损坏了但还可以修理的东西也搁在了这里。我们经过的一些房间被有手艺的人占据，其中大多数都已上了年纪，他们坐着修理小件的机械装置、用坏的平底锅、家具，还修补衣服。这些房间气氛热烈，趣味盎然，人们围着这些手艺人，站着看他们干活。一个老修表匠坐在角落里，头上有一盏专门为他配置的灯。人们把他围得里三层外三层，大家都被迷住了，大气都不敢出。围得太紧了，警卫不断请他们往后站，他们不照做，他就用短棍逼他们后退。人们几乎注意不到这个，不管是老的少的、男的女的，他们都那么专注地观赏这难得的修表技术——这位老人的双手在微小的机械装置中游刃有余。

有个女人在给眼镜框配镜片。她在墙上挂了眼科医生的视力表，按照测视力的结果向人们分发二手眼镜。人们站着排队，一个接一个从她那里拿到她认为合适的眼镜。她过去是眼科医生，因此也拥有一大群崇拜者。椅子修补匠和篮子筐子修补匠的四周，都是成卷的灯芯草和芦苇。还有一位磨刀师傅——那些旧时的手艺这里都有，每个人旁边都有一个警卫，每个人都引来大惊小怪的野蛮人围观。

一个房间接一个房间，我们从门口走过，里面简直是无所不有！绳子、瓶子、成堆的塑料和聚乙烯薄板——这也许是所有商品中最有价值的。小块金属、短电线，还有塑料胶带、书本、帽子和衣服。有个房间里堆满了似乎相当新、相当不错的东西，它们被送到垃圾场时因为有包装，没有弄脏，没有腐烂：装在塑料袋里的运动衫，还有雨伞、人造花、满满一盒软木瓶塞。

到处是活跃的拥挤的人，到这儿来看的人和来买的人一样多。这里甚至还有个小小的咖啡屋，出售茶、面包和烈酒。许多人显出微醉的模样，但他们许多并没有喝酒，而是逛集市逛的。很难说清楚谁是销售者，谁是购买者，谁是在这里摆摊的，谁是逛摊的。这是多种语言混杂的人群，也是性情温良的人群，他们恭敬地对待许多警卫对他们下达的命令和指示。这群人很有秩序，一旦内部出现争执和意见分歧很快就能自行解决，不会激起导致事情恶化的不满情绪。人们开着玩笑，互相展示自己买的东西，甚至互相之间买卖东西，无须履行正规交易者所要履行的正常、受到认可的手续。商贩想要的就是一大群人，人越多越好，各种货物流进流出。

我们把整个顶层都转了一圈，不计其数的人跟我们打招呼，许多在人行道上见过的人现在都到了这里。我们又回到堆电器的房间，把我们的手推车往里面推。我们送来的这些货物换得了几张代金券。我对艾米莉说，既然是经她提议我们才来到这儿，她应该享有这次行动所得。她显出讥讽的表情——我对此已做好了准备，明白这是因为我对能得到的回报期望过高。我很想知道我的烤箱和烤面包机的命运。哦，它们会被拆成零件，这些零件会被装到别的物件里——显然它们不再具有原先的用途了。我当然不会在乎失去它们吧？那么既然我不会在乎，她非常想把它们拿到杰拉尔德的那所房子——我确定自己不在乎吗？有些东西可以用在厨房里，因为我们缺少这些东西。我们找到了一个平底锅、一个搪瓷壶、一只塑料碗和一把硬毛刷子，这就是我们用先前的电器设备（我住的公寓毕竟设备齐全）换来的东西。

回到我们的公寓，艾米莉脸上没有了小女孩的可爱模样，刚才没有那副模样她不可能带我去楼上冒险，她清楚地感觉这次冒险是进入了她的领地，而那里离我的领地实在太远。她坐着观察我，由于我没有几句恭维话，我想她正疑惑我是否真的理解对她和琼这样的孩子，货物——“东西”的意义已经不同了。从某些方面来说东西更为宝贵，因为不可替代，但也没有价值……不，这么说并不正确，应该说个人所谓的价值是不存在的。东西属于人们的方式与以前不同了。当然，在得到并拥有的时代逝去之前，这在某些群体中间确实存在过：他们尝试过各种共同生活的实验，此外还有像“瑞安一家”那样的人们秉承不分你我的观念的事实，但这没有任何理论或想法作为基础。琼就是琼·瑞安。在旧社会崩溃之前，在一切都还被认为处于正常状态的时候，当局早就对她的家庭失去了信心。而作为瑞安家的成员……后面在合适的地方我会多讲讲“瑞安一家”……

可我为何要推迟呢？在这个地方说和在别的地方说没什么不同。我之所以想推迟为描述“瑞安一家”情况而必须说的话，只是因为要进一步说明或指责前面说到的当局对“瑞安一家”的态度？“瑞安一家”意味着一种生活方式，这种观点同时在理论上（有关社会和它的运作机制）和实践上都可以被接纳吗？

要描述他们的话，他们的生活环境读者不知已经听过多少遍了——这是一个教科书式的事例，是那些社会福利工作者一直呼吁关注的。一个爱尔兰工人娶了一个波兰难民。两人都是天主教徒。后来，他们有了十一个孩子。男的酗酒，性情粗暴，朝三暮四。女的酗酒，神经质，能力低下，她的爱情反复无常。孩子们不会老实待在学校里。福利部门的官员、住房部门的官员、警察局和心理学家都知道这瑞安一家。当时有两个年龄较大的男孩因偷窃受审，有一阵子被送到了少年管教所。第二个女儿怀孕了，年仅十五岁。这种事都没什么新鲜的，但瑞安家的事似乎更严重，更加无可救药，因为这个家庭有这么多的成员，因为夫妻两人都是真实、生动的人物，他们所说的话可能会在研讨会和各种会议上被引用，单个事例经常会摆脱默默无闻的状态，成为典型事例。仅在我们的城市，就有数以千计的各种肤色、不同民族的“瑞安一家”，除了他们的邻居和当局就无人知道他们，这些人在某个时候发现自己进了监狱、少年管教所、在押候审所之类的地方。但有个慈善机构对瑞安一家发生了兴趣，把他们安置到一所房子里：这样做是让他们住在一起。

这是官员们愿意看到的图景，因为问题已妥善解决了；这是报道里提供的图景；报纸之所以从众多的这类家庭中选择出瑞安一家，是因为他们具有的特征比别的家庭更明显，更有代表性。这就是所谓处于贫困线以下和最下层。有一本书记录了十几个事例，“瑞安一家”也在其中，书名叫《被富裕社会拒之门外》。一个大学刚毕业的青年（他姑姑是参与此事的福利工作者）为写书搜集了各种记录，他的书《我们在制造野蛮人》将瑞安一家和把罗马从巅峰拉向灭亡的野蛮人作了对比。

瑞安一家……

刚开始的时候，瑞安家的房子怎么样呢？唉，它脏极了，家里的家具都适合扔进垃圾场。什么也没铺的地面只有污物、一根骨头、一盘腐臭的猫食。对狗呀猫呀也好，对孩子们也好，都是想起来就喂一喂。那里从来都是供暖不足，于是瑞安家十三口和他们家的朋友们（瑞安一家招来一帮朋友在他们家住），总是在一间房子里挤作一团。当父母的总是喝得大醉，有时候孩子们也这样。朋友们有着各种肤色，往往都有着不凡的经历。他们都坐在一起，吃饼干或炸薯条，聊个没完。不过有时当母亲的或某个年龄较大的女孩把土豆和一点肉一起煮，或者打开几个罐头什么的，而这就和过节一样了。炸土豆片、甜饮料和每杯加上六到八勺白糖的茶——这就是瑞安家的日常饮食，因此当糖分在他们动脉里上下翻腾的时候，他们总是那么无精打采，或者处于某个不正常的活力高峰。他们坐着谈个没完。“瑞安一家对抗世界”这部编年史不断地增添新内容，让一屋子人兴奋起来。三个半大孩子如何在操场上被敌对帮派或家族的人攻击，然后如何打赢了；做福利工作的女士如何留下一张纸，上面写着，他们第五个孩子玛丽必须在星期三去诊所，真的必须记住这个时间，因为她的皮疹得赶紧治；保罗是如何发现一辆汽车忘了锁就开走了——无论那是什么事情，就因为它们是瑞安一家的事情。两个瑞安家的女孩去了一家连锁店，出来时带着二十个塑料小钱包、两磅咖啡、园艺大剪刀、从印度风味货架上拿的一些香料和六只塑料滤器。这些物件要么扔在什么地方派不上用场，要么可能用来换别的东西。她们偷东西只是为了偷而偷，不是为了拥有。鲁丝的朋友黑女孩苔萨、苔萨的弟弟、鲁丝的另一个朋友艾琳和艾琳的妹妹，他们整个下午都在大马路某家待人友善的电视机商店里看电视，有些商店不驱赶下午溜进来不花钱看电视的孩子。他们这样做是因为瑞安家的电视机常常坏，老是看不了。斯蒂芬在街上见到一只狗，就跑到运河边扔树枝逗弄那狗，那狗聪明极了，一次捡回来三根，五根还不是最多的，有一次还捡回来六根……瑞安家的人和朋友们谈着，谈着。他们喝酒，高兴得不得了，活得很快乐，始终伴随着生动、精辟的评论。到他们要睡觉的时候，已是凌晨三四五六点了，但他们睡觉也不脱衣服，这所房子里的人睡觉都不脱衣服，因为这根本不是真正意义上的上床睡觉。孩子会坐在姐姐的腿上打起盹来，他要么就在那里睡下去，要么在地上铺一件衣服，睡在上面。早晨的时候，房子里的四张床每一张上都有三四个人，连同狗和猫，都紧紧挤在一起，获得温暖，给别人温暖，保护别人。十点，十一点，下午都过了一半了，他们才起床。要是一个人找到了工作，那不出一个星期，就会被炒鱿鱼，因为谁也不可能准时起床。

他们靠福利生活，除非瑞安先生自己觉醒，不再酗酒，去找一份工作——他是个木匠。等到挣来了钱，他们就有衣服和鞋子了。这些衣服是大家共用，谁都可以穿，谁也不占有特定的这件运动衫或那件连衣裙。孩子们凡合身的就穿，搁得最近的拿过来就穿。新衣服刚买回家才一天，就可能由于这个或那个原因，轻易地成了破衣烂衫。

孩子们往往凭一时冲动再去“干活”。琼，这个瘦瘦的、长相很可爱的小女孩，从七岁开始就成了领头的。四五个孩子偷偷溜进一个公寓或一家店铺，出来的时候拿着的是钱？不，不是这么回事，这么说不够准确。换言之，假如是钱，那么他们的口袋里有几天塞满了成沓的钞票，但这些钱会很快散尽，分送别人或被别人“顺手牵羊”。他们得到的回报更可能是在电视广告里见过的大理石桌灯和一堆咖啡桌，他们喜欢这些东西的外表，还有带粉色塑料框的镜子和烟卷——最后这一项不仅实用，而且当即就分发掉。

重要的是，圣徒和哲学家的目标他们生来就有——这可以称为“瑞安一家的生活方式”。每一天、每一次经历都很充实，每一次行为都与其结果分离。“要是你偷窃就会进监狱。”“要是你吃东西不适当就会患维生素缺乏症。”“要是你此时花掉这笔钱，周五就没钱付房租了。”进出这所房子的官员们一再地向他们说明这一切，但这些真理进不了瑞安家人的脑子。

这当然要让教士和精神引导者们感到羞愧吗？依恋财物是坏事？什么样的财物呢？瑞安家的成员没有个人财物，甚至连一件衬衫或一把梳子都没有。做习惯的奴隶是一种束缚吗？什么样的习惯？除非没有习惯本身是一种习惯。他们视邻如己？他们具有这种极端贫困者的气度：在这个由瑞安一家和友人们组成的“家族”中，不管肤色是白，是黑，还是棕，他们白天黑夜进出这所房子，是无限的给予和宽容，是待人大度和善解人意——这是许多比他们走运（或至少没受情状和环境的残酷压迫）的人所不具备的。

人不应该在意外表？长久以来在意外表对瑞安一家来说一直是一种奢侈。

人不应该傲慢无礼，不应该坚持自己的权利，而应该怀着谦卑之心和无所要求吗？只要在瑞安家待上五分钟，就会使任何中产阶层的人愤愤不平地给他的律师打电话。

毫无长远打算，没有责任感，不抱希望，没受过教育和不可教育，他们能读和写自己的名字就算不错了；受尽贬损，意志消沉，道德堕落——不分性别和年龄，四五个人挤在一张床上，还能有什么结果？除了瞬间的“飘飘欲仙”，其他时候则处于肮脏、不卫生、满是虱子和因营养不良而衰弱无力的状况……简而言之，旧时社会认为坏的东西瑞安一家无不具备。旧时社会致力于做的瑞安一家连试都不想试，他们决意不参与，他们实在受不了这一切。

可怜的瑞安一家，命中注定要彻底毁灭；危险的瑞安一家，对我们所有人和我们的思考方式都是极大的威胁；幸运的瑞安一家，他们平时的生活是共同的和混乱的，却似乎充满乐趣和情感——他们喜欢待在一起。他们互相喜欢。

当糟糕的时代开始之时，或更准确地说，感觉到糟糕的时代正在开始时，情况大不相同了，瑞安一家及其所有同类，人们对他们的看法也突然间大不相同。首先，也很顺理成章，这是社会学的老生常谈：儿子中有几个在警察局，或雨后春笋般兴起的某个军事、半军事组织中找到了差使。接着，这些人在漫游的群落中最适应勉强糊口的生活。因为在还没有迁移的时候，他们就住过肮脏的房子、破烂的房子，地方当局监管的公寓和占据空屋者聚集的街道上的旅舍，对他们来说又有什么大的不同？此时他们比文明社会供养他们时吃得更好，更健康。说他们愚昧无知？他们很有能力，怀着乐趣幸存下来，而中产阶级却没有多少人属于这种情况。中产阶级要么假装并没有真的发生什么，只不过是社会的一次改组，装聋作哑地过下去，要么以各种方式逃避现实，他们承受不了不再以声望和财富来衡量人的价值的生活。

“瑞安一家”不再是极端例子，他们融入了社会，被社会所吸纳。至于我们的瑞安一家——在这里描述的真实家庭，当父亲的已在酒后的意外事故中丧生，而那位母亲和三个年龄较小的孩子仍是附近这一带的核心人物。大一点的孩子除了两个在警察局，其他的都离开了这个城市。琼已让自己依附于杰拉尔德的大家庭，她的一个弟弟也有部分时间待在那里。“瑞安一家”终于变得没有特别之处了。他们以谦卑和无所要求的方式已成为我们社会的组成部分，甚至在他们好像并非如此的时候——他们已被塑造成这个样子，他们服从于社会。他们和不久以后将要出现的“来自地铁的孩子帮”远远不同，这种不同相当于我们以前与“瑞安一家”的不同。后来这个孩子帮从我们的生活中冒出来，毁掉了杰拉尔德的大家庭。

我使用“杰拉尔德之家”这个名称，就像人们曾经使用“瑞安一家”，意味着一种生活方式。两者都是暂时的生活方式。

我们所有的生活方式、我们的妥协、我们小小的调整，都是权宜之计，没有哪个能够保持下去。

可当它们还能保持的时候，那么专心依附，那么全力以赴，犹如艾米莉履行她在杰拉尔德之家的职责那样。现在我就要去杰拉尔德之家了，因为艾米莉和我回到自己住的公寓没几分钟，便有人按门铃。来人是琼。我们都堆出欢快却不安的笑容。她刚开始并没有提到那次抢劫，而是坐在地板上双臂搂着雨果。她的目光在房间里扫来扫去，看看她此前拿走又被迫送回来的东西现在放在了何处。大部分东西都已被归置到橱柜里和储藏间，不在房间里了，但在一把椅子上还搁着一捆毛皮。她终于挺唐突、挺绝望地要给一个“补偿”了。她说：“没什么问题，对吧？我是说，这些都挺好吧？”她还站起来去拍拍那捆毛皮，仿佛那是可能受了她伤害的动物。我很想笑出来，或要露出微笑，可艾米莉朝我皱皱眉，实在是一副愤愤的表情。她温和地对琼说：“是的，一切都很好，谢谢。”那女孩听了就高兴起来，她转过脸盯着我，挺吃力地说：“你到我们那儿去看看吗？我的意思——杰拉尔德说没问题。你看，我问过他。我问他你能来吗，你明白我的意思吗？”

“我非常想去。”我说，用眼睛询问艾米莉的意见。她现出微笑——这是母亲或监护人的那种微笑。

但艾米莉自己先要准备一下。她刚从浴室出来时，新洗的头发梳过了，一身整洁的衣服，蓝色棉布衣服显出她胸部的轮廓，她面颊柔和、新鲜，散发着香皂味——一个姑娘打扮整齐，装束停当，准备好了要将自己奉献给她的职责，奉献给杰拉尔德。可她眼睛里透出忧郁、戒备和担忧。旁边站着女孩琼，脸上没遮没拦，毫无戒备之心，此时正对她的朋友——小妇人艾米莉露出信任的微笑。

我们三个步行穿过布满尘土的街道，那里照例丢弃着废纸、空罐子和各种碎片。路上我们肯定要经过一座标志着观光业最后一次努力的高耸的旅馆，我在观察艾米莉会选择怎样的走法。每个人都在这些街道存在的种种风险中选择谨慎的走法。是选择走过一座可疑的大楼，冒可能成为猎物或攻击目标的危险，还是拐到另一条街完全避开，是大胆地问声好，走进有守卫的花园，还是脸侧向一边匆匆走过，这些都能够显示出她很大部分个性来。艾米莉径直走去，满不在乎地从那些垃圾里走过。我已经不是第一次惊叹她家里家外不同的行为标准：在家里，艾米莉精细得如同一只小猫，而在外面，她似乎看不到踩过的东西。

这家旅馆被擅自占据空屋的人占用已经很长时间了。“擅自占据空屋的人”又是一个已经废弃的说法。尽管这地方和所有依赖技术手段运转的复杂建筑一样，犹如一部不能再使用的机器，却有各种各样的人住在里面。

今天仰望直插灰蒙蒙的酷热天空的楼身，它活像一挂网眼织物，显得破烂、斑驳——窗户都被打碎了，留下深凹的窗洞。不过上面到处布满了装置。某个窗户外面装有一个闪亮的旋转物——有人拼凑起一个捕风用的风车，把它变成热水或照明的动力。其他窗户外面倾斜着固定住一些圆盘，从街面往上看像蜘蛛网似的。这些圆盘是不同种类的太阳能线圈，这些摇摇摆摆、晃来晃去的最新式奇妙装置，在永恒不变的线绳和木头上，在天空中一直变换着颜色。

大楼的高处显得快乐，甚至有些轻浮，因为有蓝天充当背景；而在下面垃圾围绕大楼堆积着，有几条小道清扫出来通向大楼的各个门。那气味——我不该在意那气味，因为艾米莉和琼似乎轻易就能把它忽略掉。

前不久我曾进入过这座大楼，一直上到顶层。我站在那里，俯瞰这个城市，不出我所料，城市看上去与好几年前机器停止运转之前没有太大不同。当时我凝视着下面，幻想让自己回到过去。我们每个人都这样做过多次，找相似的东西和比较不同，平衡头脑里的事实以便适应它们，调整自己来应对它们。现实状况是如此不同寻常，梦幻一般，适应它就意味着要习惯这个进程：*曾经是那个样子，对不对？是的，曾经是那个样子，可如今*……当我站在上面，正在想有一样东西不见了，那就是飞机。喷气式飞机起飞或降落到机场，主宰着天空。这个时候我听到一阵轻柔的嗡嗡声，不比蜜蜂的声音大，原来飞来一架飞机。很小的一架，像一只蝗虫，漆成了鲜红色，曾经有那么多坐满人的大机器轰鸣着飞过，此时却空荡荡地只有这一架小飞机。这也算是一个幸存者，运载的也许是警察、军人。或者几个高级官员乘坐它向外飞去，到某地参加某个研讨会，商谈一番，通过有关我们的处境、整个世界的悲惨困境的决议。它看上去很漂亮，看到这个小东西在空荡荡的天上闪闪发亮，飞向某个没人眺望得到的地方，除了想象力能用某种方式把那个地方拉近。想到这些真令人精神振奋。

那一次我慢慢地往下走，一直走到这座从前的旅馆的底层，我在探索，我在细细查看。我想起了一个为非洲劳工建造的新居住区，位于一个大矿区的外面，我去看过。毕竟是在不太久远的岁月之前，当时各个大陆都有紧密的联系，也就是一天路程这样的距离。那个居住区占据了大片的土地，都是在同一时间建成的，由上千座完全相同的小“房子”构成，每座房子都包括一个房间、一个厨房和一个带洗脸池的厕所。但在一座房子里，你会看到部落乡村的生活模式几乎原封不动地被带到了城镇：在砖地中央燃起一堆火，卷起的地毯竖在一个角落里，两个平底锅和一个筒杯搁在另一个角落里。在邻近的“房子”里则是一派维多利亚时代的体面场景：一个餐具柜、餐桌和一张床，都锃光发亮，许多编织装饰品，入口处对面墙上挂着王室成员照片，一身戎装的女王可以与观察室内景象的人交换赞许的眼色。在这两个极端之间存在着不同的变种和折中——这便是这家旅馆此时的光景。它是一组直立的街道，其间无奇不有，有极其讲究清洁、成为大家笑柄的家庭（这又回到了英国有效的污水处理系统出现之前的状况）——其成员端着卧室里用的痰盂马桶跑在楼梯里跑上跑下，去找一个仍可以使用的厕所。还有在地板上生活、吃睡的人们——他们在石棉板上用燃料烧火，朝着窗户外面撒尿——在那些日子里，从天上洒下细碎的水点不一定意味着快下雨了或水汽冷凝成了水滴。

可能正是由于这一点，我想赶快继续往前走，离开那里，而不是停留在那里，站在垃圾中仰望。特别是当我透过底层的窗户看到两个持枪的年轻人，我更急于走开。这两个年轻人是作为大楼的一部分守卫大楼，还是只守卫他们自己的房间，谁知道呢？可琼，见到他们便大声喊了起来，显出快乐的模样——以她特有的快乐方式，仿佛一点点事情都能给她无穷的快乐。她为要艾米莉等她一会儿而说了声对不起（她把我的在场彻底忘到了脑后），我们两个——艾米莉和我，站在云雾般的苍蝇群中，透过窗户看着琼拥抱和被拥抱的情景。其中一个年轻人曾去瑞安家的房子做过客，这意味着他差不多就是这个家庭的成员。此时他给了她十几只鸽子。他们拿的枪是气枪。我们刚到时鸽子们已飞走了，它们还会回来在垃圾堆上停留，那是它们进食的地方。我们离开时带着那些死鸽子，它们将用来做那个大家庭的下一顿饭菜。我们听到身后有很多翅膀柔和的呼呼拍打声，然后是砰、砰、砰的气枪声。

我们穿越几条已经弃用的铁路，此时长着茂盛的植物，艾米莉走过时拔下一些药用的和调味用的。不多一会儿，我们就来到了那房子的侧面。不错，我外出散步时出于好奇曾经到过这房子，但我从没想走进去，一直怕会冒犯艾米莉。琼又向站在底层百叶窗后面的年轻人挥手。由于天气炎热，百叶窗半开着，还是有某种武器搁在旁边。我们走进了一个房间，空空的却很干净——这是首先令我吃惊的，因为我还是没有摆脱对“瑞安一家”状况的联想。什么家具都没有，却挂着窗帘，百叶窗擦得非常干净，小地毯和床垫卷起来靠墙竖着。我被带着匆匆走过一个又一个房间，同时我在寻找公用房间——餐室、起居室之类。有一个长房间是吃饭用的，有放桌面的支架和长凳，都擦得光亮。其他房间作为工作室或起居室，都有各自应有的摆设。我们一个个门打开走进去，一帮帮孩子坐在床垫上，这些床垫也就是床。孩子们在交谈，或在做某项工作，墙上挂着他们的衣服和所有物。可以看出，自然的亲近和联合已将这个社群组成一系列小组。

这里有厨房，一个很大的房间地面铺着石棉板，再上面是波纹铁板，无论什么燃料都可以在上面燃烧。此时就有火烧着，两个男孩在准备饭。他们看到来的是艾米莉，都站到一边让她品尝和检查：做的是炖菜，把肉类替代品和土豆一起煮。她说味道不错，但加点调味的植物怎么样，她把在铁路那里拔的一把东西交给他们。这里还有一些鸽子，他们愿意的话可以收拾一下这些鸽子，找别人来干这额外的活儿也行。不用了，她，艾米莉，会找到人来干这个。

现在我弄明白了此前隐约注意到的情况：当孩子们见到艾米莉时的反应方式，就是人们对当局的反应方式。此时因为她批评了那个炖菜，一个男孩就跪在地上，用一片锋利的钢在一块板上切那把绿色植物——他已接到了命令（或者他感觉如此），正在照她说的做。

艾米莉的眼睛看着我，她想知道我看到了什么，对看到的作何解释，对此我怎么想。她看上去那么担忧，使得琼本能地把手放在艾米莉的手里，对她微笑——这一切都是一种境况在细微之处的鲜明呈现，我没有以假装没看到来逃避。

仅仅几天前，艾米莉从这个大家庭回来，时间已经不早了，她对我说道："没有权势等级还真不太可能。不管你怎么努力都避免不了。"她说着都快流泪了，那是小女孩流的眼泪。

于是我说："你不是第一个遭遇这种困境的人！"

"是这样的，但这不是我们想要的，不是我们计划的。刚开始杰拉尔德和我讨论过这个，把一切都讨论到了，不要再成为荒唐的老一套，负责的人告诉人们干什么，所有那些可怕的东西。"

我当时对她说："每个人都要在一个组织结构中找到一个位置——这是人生的第一课。服从别人。不正是这样吗？这正是每个人要做的。"

"可这些孩子中的大多数从没受过任何教育。"

她充满了愤慨和不信任。她问的是一个成人的问题——非常成熟而且有责任感，毕竟这是大多数成年人都不会问的问题。可我面对的是一个因被逼无奈和遭受挫折而不时显现孩子般需要人安慰的眼神的姑娘，一个抑郁地责怪环境的少年，一点都不像个成年人。

"一生下来就开始了，"我说，"她是个好女孩还是坏女孩。你今天的表现是个好女孩吗？我听说你一向是个坏女孩。哦，她这么好，是这么一个好女孩……你不记得了吗？"她眼睛盯着我，并没有真的听进去。"都那么假模假样，没有一点真实的东西，而我们都生活在这种状况之中——你是个好女孩还是个坏女孩。'照我告诉你的做，我就会对你说你干得不错。'这是一个圈套，我们都陷入其中。"

"我们已决定不让这种情况发生。"她说。

我说："哦，你不能借助通过一个决议或认为民主有吸引力就能得到民主。而那正是我们一直在犯的错误。一方面'你是做一个好孩子还是一个坏孩子'，接受惯例和等级制度，在社会等级中找到一个位置；另一方面通过有关民主的决议或声称我们是多么民主。所以你没有理由为此这么沮丧。所有已经发生的正是那些一直在发生的。”

她站了起来，气愤、疑惑，对我的话不耐烦了。

“你看，”她说，“我们做好了一切准备以便能有一个新的开始。不必让事情再成为以前的样子。恐怕这是关键所在。”她跑出客厅进了厨房，不想再谈这个话题了。

而此时，她站在她的或杰拉尔德的这个大家庭的厨房里，气愤、疑惑、不满。

那个男孩慌忙干着他的活儿，连头也不抬，因为监督者仍站在那里，还可能说出批评的话。这使她感到羞辱。“可为什么是这样。”她低声说，眼睛盯着我，我能看出来，她想要一个回答，一个解释。可琼带着笑容站在她旁边，不能理解，只是怜悯地看着她这位可怜的心情如此不好的朋友。

“啊，没问题，别在意！”艾米莉最后说，背过身去不看我、琼和这一幕。她一边往外走一边问：“杰拉尔德在哪儿？他说过他会来的。”

“他跟莫琳一起去市场了。”一个男孩回答。

“他没留个口信吗？”

“他叫我们一定要告诉你，今天我们必须继续埋头工作。”

“真好啊，他这么说！他这么说！”但接着，苦恼释放出来之后，她说：“好吧，通知每个人到大厅里去。”她带我们走进了花园。

从各方面来说，这都是一个出色的花园，有计划，有准备，有组织，种满了非常有用的植物——土豆、韭葱、洋葱、卷心菜，而且这块土地上看不到野草或花卉。有几个孩子在那里劳动，当他们看见艾米莉时，加快了干活的速度。

突然间，她大声喊道："噢，不，不，我说过菠菜应该留到下个星期，你们拔得太多了。"一个大约七岁的孩子公开朝琼做鬼脸，这张脸是想要表示：你以为你是谁呀，对我们发号施令？在任何有群体、等级制度和惯例的地方，都可以观察到此类以这种或那种形式出现的极为平常的反应。简单地说，到处存在。可艾米莉看到了却很难受，她的语调变温和了："可我确实说过留着它们，是不是？你们不会自己看看吗？菜叶还这么小。"

"我会向帕特指出的。"琼赶快说了一句。

"真的没什么大不了的。"艾米莉说。

在我们离开花园之前，艾米莉再次禁不住大声喊叫，并说明原因：烧出来的木灰用来阻止苍蝇在卷心菜上停留，但撒得离菜茎太近了。"你不明白吗？"艾米莉对一个孩子说。这次是个黑皮肤的孩子，他呆板地站在她面前，由于觉得自己干得不错，脸上努力把这批评听进去而显得极度痛苦。"不该撒得太靠近菜茎，你该像这样撒成一个圈……"说着她跪在潮湿的泥土上，把塑料袋里的木灰，细水流淌般地撒在卷心菜菜茎的四周，干得那么专业。那孩子叹口气，看看琼，琼伸出胳膊搂抱他。低头撒灰的艾米莉抬起头来时，见两个孩子一个保护性地抱着另一个，联合起来对付她——他们的上司。她顿时两颊绯红，说："要是我话说得太严厉了，那请原谅，我是无意的。"两个孩子听到这话，抱在一起的身子分开了，他们跑到她的两边，为她的苦恼而苦恼，簇拥着她穿过这个堪称模范的花园里的小径朝房子走去。我跟在后面，他们谁也没注意我。那黑人孩子一只手抓着艾米莉的前臂，琼则握住她的另一只手。艾米莉夹在他们中间茫茫然走着，我知道这是因为她的眼睛里噙满了泪水。

到后门口时，她自己走到前面去了，黑人孩子跟着。琼落在后面和我一起走。她对我笑，这一次才算是真正看到了我。她那羞怯、坦诚、毫无戒备的笑容向我显现她欠缺的和被剥夺的，显现她的来历。与此同时，她的目光在向我请求不要责备艾米莉，因为她受不了别人对艾米莉产生反感。

在大厅和餐室里，沿着放桌面的支架排列着盛水的碗，可以闻到一股浓烈的草药味道，还有小巧的梳子和小块旧布。支架旁边站着一些孩子，那些年龄大一些的和艾米莉一起，开始用梳子梳这些孩子的头顶。

艾米莉刚才已把我忘了，这时看见我，便招呼道："您想留下来和我们一起吃饭吗？"

但我看得出，她并不想要我留下。

我刚刚转身往外走，就听见她急躁的叫喊声："杰拉尔德说过他什么时候回来吗？莫琳没说什么吗？他肯定说过他们要出去多久之类的话，他说过没有？"

回到家，我从窗口看到杰拉尔德和一个女孩一起来到人行道上。这女孩大概就是莫琳。他站的地方照例聚了一些少年，有的来自他的大家庭，有的则不是。他可能把一次在那里闲荡上几个小时看作一种职责。搜集信息吧，就像我们每个人必须做的。只是让自己露露脸，在四五个生来就是领袖的其他年轻人中展示他的本领。这与男性外出去打猎，女人在家不停忙活是相同情况吗？当我站着看窗外那个年轻人时，雨果就在我身边，我心里想着上面这些。那年轻人一身强盗打扮，在那群人中鹤立鸡群。有那么多的年轻姑娘围在旁边，想引起他的注意，等着跟他谈上几句……这可是有关陈旧的交际方式的过时想法了。人还是有这样的想法，并没有消亡掉。正像那些旧模式一再地重复出现，甚至当局势似乎为试验、越轨或转型发了许可证时，也改头换面重新出现。过时的想法也是如此，和模式相匹配、相适应。我耳边不断响起艾米莉愤愤不平、压力过重的声音："杰拉尔德在哪儿？他在哪儿？"当她站在女人的位置上，给那些小孩子用梳子清除虱子及其幼虫时，杰拉尔德则可能在筹划着一次去某个地方获取给养的探险，因为没有谁会怀疑他的足智多谋，或责怪他懒惰。

后来那边人行道不见了他的人影，莫琳也走了。此后不久艾米莉回家了。她非常疲劳，而且都不想掩饰。一进门她就倒在了那动物身边，我做晚饭时她在休息。我端上饭菜，吃完饭收拾的时候，她又歇着了。看起来我去走访那所房子，见识了她在那里必须做的那么多事，倒使她终于能够在我面前放松自己，坐下来让我为她服务。等我洗刷完了，我给我们两人各煮了一杯茶，坐下来和她一起渐渐沉入夏日傍晚的暮色之中。她一直有气无力地坐在她的雨果身边。

窗外，绚丽的日落底下，人行道上一片喧闹嘈杂。这里则静悄悄的，柔和的光线，那只狗舔着艾米莉的前臂发出咕噜声。这里可以听到一个姑娘孩子般的哭泣声——隐隐约约的抽泣。她不想让我知道她在哭，但也不是刻意要躲着我。

那面墙打开了。墙后面是极蓝的天空，那是一种非常清澈和冷冰冰的蓝，蓝得不可能在大自然中出现。从地平线到地平线，整个天空全部充满蓝色，没有什么会引导眼睛向内进行沉思或得到宽慰的深邃之处，那蓝色随着光线而变化。不，这是一个绝对自足的天空，不会变化或反射光。残破、锋利的高墙耸到了天空中，它们犹如老化的油漆碎片放大了一般，看看便会体味到其中蕴含的艰难困苦。正像天空被蓝色一统，这些墙的薄壳都是闪光的白色，一个令人恐惧、冷漠无情的世界。

艾米莉进入了视野，她愁眉苦脸地埋头干着活，穿了一件浅蓝色罩衫似的衣服，就像旧时托儿所里的孩子。她手握一把用细枝做成的扫帚——花园里用的那种，正把地上的落叶扫成堆，在这破损的房子中地面都长了草，现在草上面到处是落叶堆。可就在她用扫帚把落叶扫成堆的时候，树叶又在她脚周围聚集。她扫得越来越快，涨红了脸，拼命地扫。她的扫帚在黄叶、红叶的云团中飞速旋转。她努力要清空这落叶之居所，这样风就不能将叶子再度播撒开了。一个房间扫干净了，又接着扫下一个。可在外面，叶子都积到她膝盖那么高了，整个世界都厚厚地覆盖着落叶，它们从可怖的天空，像雪片一般快速落到各处。世界渐渐在枯死的树叶中沉没，因枯死树叶的堆积而窒息。一阵惊恐向她袭来，她冲动地转过身去看她清扫过的房间里发生了什么：她扫成的落叶堆渐渐要被淹没了。她不顾一切地奔跑，穿过那些没有屋顶的房间，想看看是否这里或那里还可以遮蔽一下，在这令人窒息的枯死植物纷纷坠落之时，是否还有一个供人躲避的安全场所。她没有看见我。她睁大眼睛朝我这个方向凝视，目光凝滞、惊恐。她只看到残存的墙体既无法供她避难，也无法遮挡呲呲响着飘落的东西。她靠墙站立，倚着那把不管用的小扫帚，看着，倾听着。叶子瑟瑟地落在她的身上和四周，整个世界都在暴降和普降腐朽的树叶。她消失不见了，这个凝视前方的幼小身影，这个鲜亮色彩的小女孩，就像放在橱柜里或陈列架上的一件彩绘陶瓷装饰品，白漆底子上一块艳丽的色彩。随后打开的是育婴室可怕的白色世界，父母卧室的外面——在那里，夏天也好，暴风雨也好，大雪弥漫也好，都存在于厚窗帘的另一边。

都是白色。白色的襁褓、毯子、被褥和枕头。这一片漫无边际的白色平原上，一个婴儿躺着，被裹得严严实实，手臂都不能活动。婴儿盯着白色天花板看，转过脸看到一边是白色的墙，另一边是白色橱柜的边缘。白色的搪瓷。刷白的四壁。刷白的木头。

婴儿不是独自在那里，有个脚步沉重的人在走来走去，每走一步儿童摇床就晃动一下。咚，咚，那人迈着沉重的脚步，传来金属碰在石头上的声音。那婴儿抬起头却看不到，继续使劲从湿热的枕头里抬着头，但只好算了，头又落在了柔软、湿热的地方。在她无助地躺着等死之前，四肢都已没有一点力气，除了眼底的知觉，别的全都不剩。此时，她的无力自救状态达到了顶点。那个庞大的脚步沉重的人咚咚走向摇床，床的铁栏杆摇晃着咯咯作响。当那张大脸俯身凑近她时，没有了呼吸的她被从又热又白的床上提起来，抓着她身体的手挤压着她的肋部。她很脏。已经脏了。这说话声不满、憎恨、厌恶。这身体将被包裹起来，弄成这个样子或那个样子，在那些无情的大手之间，就像在厚板上被剁下的一片鱼，或被剥的一只鸡。

脏，脏……对于目睹这一切的我来说，这个刺耳的冷酷词语属于“个人的”氛围，体现了这个世界不可变更的法则。随着这种氛围的坠落，白色、表示厌恶的只言片语、冷淡和窒息的感觉，在一场白色的暴风雨中，木偶们背后的线绳都被猛拉了一下，这场暴风雨把一切都拖拽下去……想象一下，水坝里填满了冰，还有无休止的降雪——白色的永久降落；想象一下，房间里填满了寒冷的粉末，水都干了，或者结晶，所有的暖意都潜伏在震动和冻伤人的肺的干冷空气中……呈现了一个父母卧室的场景：房间里的白窗帘让风吹开了，白色带点点的平纹薄纱飘动起来。可以看见窗外的降雪一阵接着一阵，天空还是阴沉沉的。两张大床被抬得很高，都抬到了从地面到有压抑感的白天花板高度的一半。两张大床都睡着人。母亲睡一张，父亲睡一张。房间里出现了一个以前没见过的东西——一张儿童摇床，又是白的，一种冷冰冰的闪光的白色。这张摇床也很高，尽管不像那两个庞大人物睡的高塔似的床那么高，但还是够不到它。一个白色的身影匆匆跑进来，她的胸部还没到发育阶段，呈硬实的斜坡样。一个包裹起来的东西从摇床里被举了起来。在床上两个人露出鼓励笑容的同时，包裹起来的东西被抱过来，送到了她的脸前。它散发着气味，这些怪味刺鼻、危险，像无形的剪刀，或者硬邦邦折磨人的手。这个世界上没人（除了这个世界上的每个人）感觉过的凄凉和孤独，此时她感觉到了，强烈的痛苦向她袭来，致使她什么都不能做，只能直挺挺地站在那里，先是眼睛盯着那个东西，接下去盯着穿白衣的保姆，然后盯着在各自床上微笑的母亲和父亲。

她可以沉下去，摆脱眼前的这些人。他们在微笑，庞大的人被抬高到直对天花板。他们所在的房间暖和、气闷，红色和白色，白色和红色，红地毯，壁炉里堆积的鲜红火焰。这都太过分了，太高，太大，太强烈。她只想溜走，藏到某个地方，让这一切都从她的眼前消失。但那个散发着气味的包裹，一次又一次递到她的面前。

“好了，那么，艾米莉，这是你的孩子。”带着笑意，却是专横的声音从妇人的大床传来，“这是你的孩子，艾米莉。”

这个谎话把她搞糊涂了。这是游戏、玩笑，她必须对它发笑呢，还是抗议？就像她父亲胳肢她的时候，这种折磨在以后的岁月里，会在噩梦中重现。此时她该大笑、抗议还是挣脱？她凝视周围的这些脸，母亲、父亲、保姆，因为他们都背叛了她。这不是她的孩子，他们都知道，那为什么……但他们一遍又一遍地说：“这是你的孩子，艾米莉，你必须爱他。”

包裹起来的东西朝她推过来，假定她会伸出胳膊去接。又是一次欺骗，她没有接到，接过去的是保姆。但此时他们都笑着称赞她把那包裹起来的东西接在怀里。这样实在太过分了，说谎说得太过分了，爱也显得太过分了。对她来说他们太强大了。而她确实抱着那东西，那东西总是被递到她面前，对着她，朝着她。她抱着它，怀着充满激情的、强烈的、要保护它的爱来爱它，但这种爱实际上是一种花招、一种背叛，外面火热，里面却是一个冰核……

此时的房间换成了挂着红天鹅绒窗帘的那一间，一个四岁左右的小女孩穿着一件带花纹的罩衣。她站着看一个张着嘴的矮胖婴儿。那婴儿木呆呆地坐在地毯上铺开的一块亚麻地毡上。

“不对，不该那样，应该这样。”她命令道。小男孩敬佩地看着自己这个强壮、聪明的辅导老师，他试着要把一块积木放到另一块上面。积木倒了。“像这样放！”她尖声叫道，情绪亢奋地跪下来，非常快、非常熟练地把积木一个接一个地搭上去。她那么全神贯注地做着，她有这么做的需要，想做得好，显示她能够做，向自己证明她能够做。一脸和气的婴儿坐在那里，看着她做，被打动了，但他要做的话就不容易了。是的，搭积木对他来说并不容易，完美地把积木放到别的积木上面，角对角、边对边地放。“不对，不该那样，应该这样！”她的叫喊声响彻这个房间，在隔壁房间、楼下房间和花园里回荡。“像这样，宝贝，你没看见吗？像这样。”

由于我去了艾米莉的另一个家，她和我的关系继续朝着轻松的方向发展。比如，有一天上午，我能就她没洗干净的脸和肿眼泡发表看法了。前一天她没有去杰拉尔德那里，此时也没有要去的迹象。快到中午了，她还没有换上出门穿的衣服，而穿着睡觉时穿的衬衣模样的棉布衣服，这衣服曾是夏季的晚礼服。她坐在地板上，搂着雨果。

“我真一点也弄不明白我在那里干什么。”她说，把这当作一个问题提出来。

“应该说，你在那里什么都干呀。”

她把目光死死盯住我。她笑得有点苦涩，她自己并没有意识到。“不错，要是我不干，有人会干的。”

这可是我没预料到的：这可以算是过于成人化的想法。即便是在我暗自赞许她的见识的同时，我也产生了警觉，因为这个想法的另一面——它的阴影实在幽暗，会引向种种不安和绝望，确切地说，这经常是走向自杀的第一步……至少这对于精力耗尽的人是最致命的。

但我想要回避：“非常正确。对我们每个人都是如此。但这并不意味着我们都可以在床上睡大觉了！”不过我心里想到的是：为什么你现在有这样的感觉？此时此刻。是什么引起的？

她笑了——是啊，她非常敏锐，脑子很灵活。“哦，我不会割自己的喉咙的！”然后，她来了一次彻底转变，冲口而出：“可我那么做的话，又怎么样？”

“是因为莫琳吗？”我问。我能想到的就只有这个了。

我说的傻话能让她反省一下自己，她情绪比刚才稳定了一些。她看着我——我从她这类目光中多次看到过嘲讽火花的闪现。这一次的意思是：啊，一个轰动事件！他不爱我了，他爱别人了！

“莫琳……”她让这个名字从嘴里滑出，如同耸一耸肩，她确实耸了耸肩。可随后她屈尊地对我坦白：“说实在的，不是莫琳，现在是琼。”

她等着看我的反应，当我惊叹“什么，瞎说吧，这怎么可能”时，她脸上露出一丝不友善的微笑。

“不该这样的，是不是？”她在模仿我说话。

“可她——多大了？”

“她的真实年龄是十一岁，可她说自己十二岁。”

此时她笑起来，这可不是她自己的、真正的人生观。我起劲地表示不赞同倒使她劲头更足了，她甚至坐直了，笑得更欢。我逐个抑制到了嘴边的各种唠叨，心里明白，这些话只能换来嘲讽。她终于又嘲笑我了：“哦，她可不能怀孕，这是事情的底线。”

我并不打算认输。“无所谓，”我说，“反正这对她不可能有什么好处。”

她的笑容变了——其中有一点悲伤，或许是忌妒，这种笑容的含义是：您忘了我们的处境可消受不了您的行为标准。我们可不是那么幸运的人，没忘吧？

见她现出这种笑容，我不再吭声。这时她说：“您心里在想，啊，她只是一个孩子，多么要不得的错误！可对这种事情，我心里想的是，琼是我的朋友，而现在她不是了。”

此时我真的无话可说。就因为最后这句蠢话？如果说琼现在不是朋友，那她会在一周之后重新成为朋友，那个时候杰拉尔德接着找上了另一个。一天里似乎要发生十几次——艾米莉在短短的一瞬间便从远比我“世故”的范畴（我用“世故”这个词表示对事情如何进行的一种认可、一种理解）转换为一个孩子的状态，十足的孩子，甚至两个角色她都习以为常……我耸耸肩，随她去吧。我无能为力，这种变来变去的谈话我已经受够了。

艾米莉把我耸肩视同对她的谴责，她喊道：“我以前没有琼这样的朋友，没有过像她这样真正亲近的人。”她转过脸去隐藏孩子式的眼泪。

对事情的失察竟到了这般地步。因为我此前一直认为琼身为孩子爱慕这个“年龄大一点的妇人”是自然不过的事情，把这看作一个人成长的必经阶段。我没有认识到艾米莉对那个身体瘦削、面孔尖尖的流浪儿这么依赖。那个女孩不仅看上去要比她小三岁，而且完全属于另一个范围，正像童年与少妇时代完全不同一般。

我只能这么对她说："你知道他会厌倦她的，你们就又成朋友了。"

我那不以为然的态度和想法激怒了她，她简直在尖叫了："这不是厌倦不厌倦的问题！"

"那么是什么呢？告诉我。"

她看着我，轮到她耸肩了。她说："唉，情况相当不同，不是吗……他只是得——我猜想是轮着来。活像一只猫给它的领地做记号。"这个想法让她短暂地笑了笑。

"好吧，无论你们独创的和绝妙的新风俗是什么样子，重要的是，想必琼不用多久就可以自由了？"

"可我现在想念她。"她流着泪，又成了小女孩，用拇指刮掉流下的泪水。可她跳了起来，像一个成年人那样说："反正我得去那儿，不管我是不是喜欢。"接着她就出去了，红着眼睛，难受的样子，每一个动作都显露出被压抑的满腔愤怒。她去了，因为她的责任感使她不可能有别的做法。

在我那花卉图案的墙背后，是一幢笔直站立的建筑，一所高耸、精致、闪着白光的房子。我离开一段距离看它，然后走得近一些，注意到这是我第一次从外面走近一所房子，以前总是一跨过那神秘的边界就发现自己在别的房屋里。这是一所坚固的、保存完好的房子，其风格更像是"南非荷兰语"[1]，其每一条庄严的曲线都显示自治市、自由民——资产阶级的特征。房

1. 来源于17世纪荷兰语的一种南非公用语。

子闪烁着一种特别的柔和反光。我掰下一块来吃，甜甜的，在舌头上融化，像神话传说里的糖房子，即便不是糖做的，也是那种能吃的包装奶油糖的糖纸。我继续掰下一些小块，吃着，品尝着……这是让人欲罢不能的可食用的东西，因为总是无法满足，迫使人吃得倒胃口。人可以吃呀吃呀，不会被这乏味的白色物质填饱。艾米莉出现了，她掰掉了整片屋顶，把它塞进她食欲旺盛的嘴里；琼也出现了，她慢吞吞地挑挑选选。墙的碎块、一片窗玻璃……我们白蚁似的进到房子里吃呀吃呀，我们的肚子都装满了却并不感到满足，想停也停不下来，只感到恶心。我在房子一个角落周围吃着，我看到一个房间——知道它处于“个人的”地带。我熟悉这个房间。一个小房间，强烈的阳光从窗外照射进来。石头的地面，中间有一个儿童摇床，还有一个孩子，年幼的女孩。是艾米莉，全神贯注，对别的毫不在意。她在吃——巧克力。不，是粪便。她把大便拉进崭新、白色的床上，然后抓起那东西，带着胜利和快乐的短促尖叫，将粪便涂抹得到处都是。她抹在床单和毯子上，抹在摇床的木头上，抹遍了自己的全身，脸上和头发里也是。然后她坐下了，活像一只小猴子，一副沉思的表情，她在品尝，在消化。

这个包括孩子、摇床和阳光照耀的房间的场景，在我视觉的光束里急剧收缩、变小，迅速移走，被同一个场景更小的画面取代，因为有缩小的必要——因要抑制痛苦而缩小。突然间，响起了踩在石头地面上的沉重的铿锵脚步声、愤怒的吼叫、使劲的拍打声、粗重的呼吸声——先是低声嘀咕，然后是反感的叫喊。孩子在呼喊和尖叫，刚开始是出于愤恨，然后经过一个间歇则变成了绝望的哀鸣。此时她在一个水很深、很烫的浴盆里被人使劲地洗着、擦着，这种劲头快要把她淹个半死。她怀着无辜的绝望流泪。此时那硕大的妇人对她嗅来嗅去，想知道粪便的恶臭是否已被洗掉，但发现还是有淡淡的被污染过的臭味。那妇人可不管孩子已被过热的水烫伤，也不管这一番擦洗使孩子脆弱的皮肤又疼又红，她依然闻到了臭味，于是她继续发出厌恶和受惊的叫喊。这位母亲一遍又一遍地大声宣布不喜欢这孩子，孩子抽泣着，已疲惫不堪。她被扔进一个游戏围栏，她的摇床已搬出去擦洗和消毒。她独自蒙受耻辱，在那里啜泣不止。

一个孩子在哭。无人注意、无人理解的可悲哭声。

“艾米莉，你是个不听话的女孩，不听话，不听话，不听话，讨厌、污秽、肮脏，肮脏，肮脏，肮脏，肮脏，肮脏，一个肮脏的女孩艾米莉，你是个肮脏不听话的孩子，真讨厌啊，艾米莉，你是个污秽肮脏的女孩。”

我在邻近的房间漫游着寻找她，虽然有时我能听出艾米莉痛苦的声音离得很近了，却总找不对地方。我时常感觉自己和她只隔一面墙，假如那里没有那面墙，我就可以触摸到她了。顺着墙走到了尽头，它却引导我超越了“个人的”地带，到了外面一片鲜绿的草地或一小块田地上，四周竖立着夏季的树木。草地上有一只蛋。它有一座小房子那么大，可摆放得不够平衡，一阵微风都能吹动它。围绕着这只光亮的白蛋，在晴朗的天空下，艾米莉、她母亲、她父亲，还有靠近艾米莉的琼，都在活动着。你想象不到这些人竟然会组合在一起。他们在那里漫无目的地闲逛，沐浴着阳光心满意足，轻风拂动着他们的衣服。他们去摸那只蛋。他们退后几步端详它。他们露出笑脸，全都充满欢乐和满足。他们把脸贴在光滑、富有生气的蛋壳的坡面上，他们的面颊因此能感受到它。他们用鼻子嗅，用指尖轻轻敲击。整个场景又大又亮，令人愉快，给人自由的感觉。从那里我转过一个角落，顿时回到了一条又窄又黑的过道，听到了一个孩子的哭声……当然我此前是搞错了，她根本不在那面墙的后面，而是有另外一面墙，我确定了它的方位。我开始奔跑，奔跑，我必须找到她。我意识到自己也有些不情愿，因为我并不期盼那一时刻——我也会闻到她头发和皮肤上淡淡的臭味。我一边奔跑，一边给自己确定了任务：不要显露自己对那气味的高度反感，不要像她母亲那样。这位母亲当着孩子的面使劲屏住呼吸，抑制着恶心，腹部肌肉一次次痉挛。当她的双臂颤抖着将艾米莉从其快乐场景中拎出来，匆忙而吃力地投进浴盆时，对这孩子的厌恶暴露无遗。事情太紧急了，孩子进去时浴盆里的水还是冷的，但非常热的水已经涌入，非常热和非常冷的两股水流围着她的身体形成漩涡，既烫伤又冻僵了她的肚子和两腿。可我找不到她，我根本找不到她，而那哭声一阵接一阵，我可以在白天，在我的“真实”生活中听到这哭声。

我想我已说过了，当我处于客厅那面花卉图案墙后面的世界或地带时，通常意义上的、符合逻辑的、时间主导的日常世界就不存在了。而当我处于“日常世界”时，由于进入另一个世界的现象好几天才发生一次，我就忘掉了那面墙能够开启、曾经开启、会再度开启，我就忘掉了那种时候我可以直接穿墙进入另一个空间。但现在开始了一个新阶段，带有墙背后世界特征的某种东西连续不断地侵犯我的真实生活。首先显示的是一个孩子的哭泣声。这声音非常轻微，离得很远。有时候是听不见的，或者接近于听不见，我的耳朵拼命追索它，随后这声音就消失了。这声音会再次出现，变得相当大，甚至可能在我和艾米莉本人谈话时，或站在窗前看外面发生的事情时出现。我听到一个孩子在哭泣，这孩子孤孤单单，遭人厌恶、被人抛弃，而与此同时，就在哭泣声的旁边，我能听到那位母亲的抱怨声——女人的怨诉，这两个声音并存着，此起彼伏。

我坐着听。我独自坐着听。天挺热，太热了，是夏季最后的炎热日子。经常打雷，突如其来的旱雷轰鸣，街道上人们惶惶不安，需要活动……我给自己找点事情做，因为我必须活动。我坐着，或让自己忙碌着，倾听着。一天上午，艾米莉进来了，心情轻松、活跃，看见我在将李子装盘晾干，就来和我一起干。那天上午她穿着条纹的棉布衬衫和牛仔裤。衬衫在胸部位置缺了一个纽扣，敞开着，露出已很结实的乳房。她显得既疲劳，又充满活力；她还没有洗澡，从她身上散发着性的气味。她满足而轻松，有点伤感，不过这种伤感带有诙谐意味。简而言之，她是女人了。她坐着面露笑容，用缓慢、轻松的动作擦干李子，所有的渴望、干劲和需求都蹦出了和脱离了她的身体，都在最近的性行为中消融掉了。而那个孩子始终在哭。我看着艾米莉，像上了年纪的人（可这不是他们的错）那样，硬要跟时代较劲，徒劳地认为这种事是绝对该诅咒的，并把这想法一次次地表达出来，或用作行为准则：那是十四年以前了，不到十四年吧，当时你那么痛苦，那么长时间地哭泣，因为你想不通，因为你屁股和两腿被烫伤了。十四年对我来说时间并不长，它在我的天平上没有多大重量；而对你来说，在你的天平上，它就是一切，是你整个一生。

她在逐一刻下里程碑、成为女人、获得自由的道路上缓缓前行的同时，不出所料地像女孩那般想到时间，说到时间。她说“我快到十五岁了”，就因为她刚刚度过十四岁生日。昨天她刚说了这话，她不仅说出了这样的话，还像“小女孩”那样活泼地将头发一甩。当时她有过性行为刚回来，这个年龄的女孩可没有性行为。

整个上午我和她坐在一起干活，一直听到那哭泣声。虽说我简直无法相信，但艾米莉什么都没听到。

“你听不到有人在哭吗？”我问她，尽可能装出漫不经心的样子，当时我正内心挣扎着不想再听到这悲惨的声音。

“听不到，你能听到吗？”她起身站到了窗前，雨果在她旁边。她想看看杰拉尔德是否已经到了。他还没到。她去洗澡，换衣服；她在窗前站着等候——没错，他刚刚来。此时她会在那儿多站一会儿，刻意地不看他，以表明她的独立，以强调她跟我一起的这另一种生活。她会继续逗留半小时、一小时。她甚至会再次跟她那丑陋的黄皮动物坐下来，抚摸它，逗弄它。窗前的姑娘不在意她的情人。但她的沉默会变得紧张，目光投向窗外的次数越来越频繁。这时她拍打着狗头的手会停下来，忘了它的存在，心思游离出去。杰拉尔德已经看见她了。他已注意到她不注意他。他转身走了：不像她，他真的不那么在意，或更准确地说，他在意，但和她的在意不是一回事。至少此时，这个下午，琼在那儿，还有莫琳，十几个女孩呢。而艾米莉受不了这个。她走之前吻了一下雨果。至于我，她例行公事地说："要是您觉得没问题，我要出去一小会儿。"

不一会儿，她就跟他们、她的家庭、她的群落、她的生活同在了。一个模样引人注目的女孩，她的黑发平铺在一张苍白、过于认真的脸的两边，杰拉尔德在哪儿她就在哪儿。杰拉尔德留着胡须，强壮的胳膊呈棕色，腰带上挂着刀子，在那里大摇大摆走路。上帝呀，我们颠覆了多少个世纪，艾米莉穿过我的公寓去过人行道上的生活，她这么做使得人类花了那么长时间缓慢往上爬的步伐前功尽弃！围绕人类主旋律的许诺，机遇，实验，变奏，全都化为乌有！我看着眼前的情景，因人类的尝试和努力全都不牢靠而陷入绝望，于是我离开了窗口。就在那个下午，我盘算好了要尝试进入墙后：我长久地站着看那面墙，等待着。这时的墙没有阳光落在上面，一成不变，平淡无奇。我走过去，把两个手掌按在上面，我的手上上下下移动，抚摸它，感觉它，做各种尝试想使这沉重、结实的墙在我意志的压力下陷落。我知道，这都没有意义。那面墙陷落并形成一座桥或一扇门，从来都不是出于我或任何人的愿望。但那无休止的低声哭泣、那悲惨的孩子，使我情绪失控，正在剥夺我的日常知觉……然而我一回头就能看见她，人行道上那个精力充沛的姑娘，出于庄重的天性也许并没有笑，但与哭泣实在是离得很远。那个小孩是我想要找到，去吻她、抚慰她的。那个孩子离我非常近，按照老套的故事，问题仅在于是否能在墙上按对地方。图案里的某个特定的花朵，或只要算一算从这里到那里多少英寸的某一点，然后轻轻一推……可我当然知道这不是出于某种愿望的刻意尝试就能达到。不过我整个下午都站在那里，一直站到夜幕降临。这时，外面已经黑了，人行道上点燃了摇曳的火焰，照见那里成群的人在吃喝，在他们群体和盟友的地盘上漫无目的地走来走去。我让自己的手掌一寸一寸缓慢地摸遍了墙，但那一天我没有找到进入的途径。第二天也没有，我找不到那个留在那里的流泪的孩子。她无望地独自哭泣，无人认领，她将要这样度过许多岁月，直到时间给她注入力量，使她获得自由。

我根本找不到艾米莉。但我确实找到了某个……我找到的是必然要找到的东西。我可能已经预见到了这个。我的发现与“个人的”领域有关，具有典型的那个领域的陈腐、冗长、无足轻重和遭受禁锢。我还能发现别的吗？事情出乎意料、无声无息地进行。我在墙背后沿着通道、沿着长廊跑呀跑呀，进入我觉得她一定在而并没有在的房间，直到我最终找到她：一个金发碧眼的孩子，但她的蓝眼睛因流泪而发红、阴沉。这除了艾米莉的母亲，那个庞大、骡马似的女人，代表这个世界形象的，折磨艾米莉的人，还可能是别的什么人吗？我抱进怀里来的、想使她停止哭泣的并不是艾米莉。那对小胳膊往上举，急于想得到安慰，可有朝一日，它们将成为一对从没学会温柔待人的粗壮胳膊。那张脸因急切盼望而绯红，在受到安慰之后终于陷入被痛苦耗尽的疲惫，随后，这个金发小女孩身子就瘫软了，头靠在我的肩膀上，随着我手指轻轻摩挲一缕缕又冷又湿的头发，吸收上面的汗，那柔软的金色孩童发丝变干了，显得漂亮起来。一个漂亮的金发小女孩终于在我的怀抱里找到了抚慰……在这个场景之前，我看到的那个快活地朝头发里、脸上和床上用品涂抹巧克力色粪便的孩子又是谁呢？这一回我顺着低低的抽泣声，走进了一个房间，里面都是白色，干净却缺乏创意，那是艾米莉糟蹋的梦魇般的颜色。一间育婴室。是谁的育婴室？这是在她弟弟或妹妹出生之前，她那么小，一个婴儿孤单单在那里。母亲在别处，还不到喂孩子的时候。婴儿因感到饥饿而焦躁不安。进食的渴望在她肚子里抓挠，对食物的需求生生吞噬着她。她在浓厚的令人窒息的热气中叫喊；汗水流遍了她绯红的小脸；她扭动着头寻找乳房、奶瓶或随便什么：她想喝到液体，得到温暖、食物和安慰。她扭动、挣扎和尖叫。在得到食物之前的时间她一定是在尖叫中度过，那种严格的饮食法则声称必须得这样——什么都无法改变那个固执女人的想法，她按照某种时间表来设定自己的责任和与这婴儿的联系，而这种时间表对她和婴儿都不合适，但那个女人却要把这个时间表进行到底。我清楚我看到的这个事件在她的生活中一再重复出现。是出现在艾米莉的早期生活中，还是她母亲的早期生活中？这种情况持续不断，一天又一天、一个月又一个月地进行下去。有过一个尖叫着、饿肚子，随后是呜咽、闷闷不乐的女孩。她想吃还没送来的一顿饭，即使已经送来了也不够吃饱。是那个强壮的、不易改变的女人内在的某种东西造成了这种状况，支配了这种状况。必然是这样的。这个小小的个人世界的严格法则。高温。肚子饿。情感的争斗。在白墙上带铁栏的壁炉里热腾腾燃烧的红色火焰，白色的羊毛织品、白色的木头，白色的……白色的……在下巴底下摩擦的湿处泛出的呕吐物味道、潮湿的厚重羊毛料子的气味。很小，极端小，虚弱。一种为得到一点点食物、自由和另一种选择而伸手去够，哭喊着去要的无法照顾自己的状况——这一切都可能出现在这个小小的热腾腾的地方，木偶们在那里被无形的线绳牵拉着。

我想现在到了合适就“它”再多说几句的时候了。尽管当然不存在什么“合适”的地方或时间，因为并没有标明此时或彼时是“它”开端的特定时刻。但确实会到来某一个时期，那时每个人都在谈论“它”。直到最近，我们才知道此前我们一直不曾这么做过。近来我们的生活中有了一种不同的成分。

也许我该做得更好一些，以尝试充分地描述“它”来开始这篇纪事。而记录下任何事情不以这种或那种形式让“它”充当主题可能吗？也许，“它”是全部文学和历史的暗线，犹如在一行行文字间用隐形墨水书写，等隐形文字显现时，那醒目的墨迹使我们已熟悉的印刷文字暗淡无光，就像个人的或公众的生活意外地展示出来，我们在那里看到了我们从未想过可以看到的东西——我们见识“它”仿佛是事件和感受的骤然涌现……说得倒是不错，可“它”是什么？……我敢肯定从世界上有人存在的那一天起，“它”就在出现危机的时候已这样被准确地谈到了，因为正是在危机中“它”才显形，我们的自负在它的威力面前俯首称臣。因为它是形同地震的一种威力，一种强势，一颗恶意毕露、夜夜逼近的来访彗星，对这颗彗星的惧怕污染了全部的思想。“它”可以是，曾经是瘟疫、战争、气候突变、扭曲人们心灵的暴政、宗教的残酷迫害。

简而言之，“它”这个词表示不能自立的愚昧或无法自救的认识。这个词表示的是人的缺陷？

“你听说了有关的什么新消息吗？”

“某某人最近说这……”

等到“你听说了有关的什么新消息”阶段，“它”已将一切都吸收到其自身，人们询问人世间在发生什么、什么在改变人世间时不可能再有别的含义了，此时情况还要更糟。它。只有它了，这个比“他们”要坏得多的词，因为“他们”至少也是人，可以被打动，像我们一样无能为力。

“它”在这个历史时刻，最重要的也许是某种终结意识。

艾米莉会如何用话语描述她的感受？或许她会描绘有关她打扫落叶的那个景象——她在一个邪恶的花园里打扫，巫师的徒弟对潮水般的枯树叶施了魔法，不管她如何付出更大的努力，都不可能打扫干净。她的责任感只是通过形象表达——她不能这么说自己：是的，她是个好女孩，不是脏兮兮的坏女孩；作为好女孩，她必须珍爱和保护她软弱无力、总是满不在乎带着和蔼微笑的弟弟，她的孩子。他松松垮垮、有气无力地坐在那里，散发着浓烈的白色羊毛料子的潮湿味道。她会这样说：“事情真艰难。一切都那么困难，付出这么多的努力，有这么重的负担，所有那些在那所房子里的孩子们，除非我整天盯着，没有一个能帮得上忙，他们使我变成了暴君，还取笑我，可没必要这样，要是他们做他们该做的，事情就可以平等，轻松，可不行啊，我总是得统管一切，梳他们肮脏的头发，检查他们是否洗过，再加上他们饮食不合理引起的各种病痛，政府供应的消毒剂的难闻气味整天不散，琼就是这么得病的，我愁得都快发疯了，她一直不舒服，但找不出具体原因来——事情就是这样，就找不到让情况好转的有利因素，我干啊干啊，事情总是那个样子，好像有了转机，然后一切都化作乌有。”

这可能就是艾米莉对那个时代的说法。

一天，琼和艾米莉一起回到了我的公寓，大概是琼被接纳为成年女人的两星期以后，我这么说是因为这是她自己明显感觉到的，她的身体和每个方面都起了变化。她的经历在脸上留有痕迹，以她悲惨流浪儿的做派，这张脸甚至比以前更加无所戒备了。而且她看上去比艾米莉要大。她还是孩子腰身的平厚身材，胸部发胖却没有成形。焦虑或爱恋，使她吃得很多，增加了体重。在我们眼里，这个十一岁女孩的样子就像中年妇女：厚实的劳动者的身体，顺应、似乎总是能顺应的脸，两种对立的品质——受害者的忍耐无助和沉溺者的敏感好奇。

琼身体不好。问她的话，她回答说不是刚开始的，“相当长时间了”，她一直感觉不好。有什么症状呢？她回答：“我不知道，只是感觉很糟，你知道我的意思。”

她腹部疼痛，还经常头痛。她精力不足，不过别期望瑞安家的成员会有充沛的精力。她“只是哪儿都感觉不舒服，反反复复，没完没了”。

这种病痛不仅在琼一人身上，据我所知，很多人都这样。

没来由的疼痛；小病不断，但并不符合内科医生的诊断；

感染似乎很常见，会像传染病一样传遍全社会，却又不是以某种传染病的统一形式存在——在不同的受害者身上表现为不同的症状；得了热疹却好像没有任何原因；神经系统疾病可能以精神错乱的频频发作告终，或引起抽搐、麻痹、肿瘤和皮肤病；各种疼痛在身体里到处“游荡”；总共只出现过一次的新疾病和以往缺乏了解的疾病归到一类，直到搞清楚它们确实是新疾病；神秘的死亡；疲惫感和全身无力让人好几个星期无所事事或被迫卧床，致使亲戚们，甚至他们自己都用到了“装得病歪歪”和“神经过敏”等说法，可随后症状又突然消失，使可怜的患者从人们的指责和自我怀疑中得到解脱。简单地说就是：长期以来，各种疾病的发病率呈普遍增长态势，包括传统的疾病和新出现的疾病。要是琼抱怨说“你明白我的意思吗？我只是全身都感到不舒服”，那么我们便心领神会，因为将这种感觉认可为一种疾病已是足够平常的事情了。琼决定搬来和我们一起住，她说“就住几天”，但她所需要的是躲避压力——心理学上的或别的什么压力，躲避杰拉尔德的大家庭。而艾米莉和我都知道，要是不这样做，琼就会彻底离开那儿了。

我建议琼用客厅里的大沙发，可她更喜欢艾米莉房间地板上的床垫，我想她甚至要在上面睡觉，尽管我当然对此感到怀疑，默默地感到怀疑。无心提出的问题遭遇过激的反应，这种情况再常见不过了。我真的不了解艾米莉和琼是把同性恋看作世界上最平常的事情，还是不得体的事情。在我的一生中，道德风尚变化得如此剧烈，如此经常，社会不同群体呈现的道德风尚又如此不同，以至于我早就学会去接受为特定场合制定的无论什么标准。我更相信这两个女孩为寻找安慰而彼此拥抱着睡觉。艾米莉对我说过，她现在是如何感觉必须和这个孩子——她“真正的朋友”单独待在那里。听了这话之后，我当然不会再有疑问了。她们差不多是单独在一起，不过还有我，还有雨果。但至少周围整天没有什么别的人。

艾米莉试着“看护”琼。换句话说，就是她惴惴不安地将食物端给琼。但这个瑞安家的成员并不像普通市民那样吃东西：令人难以想象，也令人非常反感——琼是零叼碎咬。正像艾米莉所说，琼可能患上了维生素缺乏症，可她自己却说：“我可就搞不明白了，我从没吃过别的什么，是不是？可我现在感到身体里头、全身到处都不舒服，不是吗，我以前不这样的。”

因此假如有人问琼，要她回答“它”是什么样子的，她很可能回答说：“哦，我真的不知道，我感觉里头和全身都不舒服。”

也许你最终要把“它”描绘成一种烟雾或散发物，可它是无形的，如同水蒸气，你知道它存在于你坐着的房间的空气中，当你从窗口朝外看时，你知道它是外面空气的组成部分——当你看着一只麻雀从一根细枝啄出虫子，你的智慧告诉你，你的眼睛正在穿越空气；你也知道当冷空气从别的地方袭来时，部分由水蒸气构成的空气每时每刻都会凝结成雾或形成降雨。“它”无处不在，任何事物都含有它，它在我们的血液里和内心活动中。“它”不是能一劳永逸描绘的东西，也无法确认它或让它静止不动；“它”是一种疾病、一种困倦、皮肤上长的疖子；“它”是眼看着十四岁女孩艾米莉陷于职责不能自拔（清扫枯树叶）时的痛楚；“它”是电力供应的高昂代价或不可信赖，是电话失灵，是迁移的野蛮人群落，是“他们”及他们荒诞的行径；说到最后，“它”是你所体验到的……还存在于那面墙背后的空间里。在我们所处的平常世界里，一个钟点紧跟着一个钟点，生活遵从统一的步骤就如同上演某种戏剧，在墙背后也非常相像，“它”摆布演员们。

那个夏季结束时，墙背后和这一边与我们有关的事情都趋于恶化。或许只是因为我更加认清了态势。以前总是走进一个房间或一条过道，那里有一扇通向其他房间和过道的门，于是我就处于拥有各种机遇和可能性的感觉之中，但总是止步于走廊下一个拐角，下面一扇门打开的地方——感觉那里空间很大，总是开放性的，总是限定在我也充当其中一分子的秩序框架里。而此时视角似乎变换了，我从上面俯视自成单元和成套的房间，或者仿佛我能急速穿过它们，因此能一次走访它们全部并且一览无余。不管怎么说，那种惊奇、期待的感觉全都没有了，我甚至可以说这些自成单元和成套的房间——前不久还充满供选择的余地和各种可能性，如今已经被“个人的”地带必不可少的导致幽闭恐怖症的空气吞并了。而那里的混乱状态前所未有。有时候我觉得仿佛所有房间都曾细心布置过，各种细节精益求精，然而这一切努力都只是为了再度被夷为平地；好像一幢大房子曾有人接管和装饰，以便展示一百种不同的样式、风格和时尚——却又相当随意，不是连贯地要给人从这一种风格发展到另一种风格的印象。布置起来，加以完善，然后夷为平地。

那些房间的杂乱景象让人无可名状。或许房间里都没有我能插足的地方，因为里面堆满了破损不堪、裂成碎片的家具。别的房间曾用作（或看起来像）垃圾场：满屋子的垃圾堆臭味扑鼻。有的房间家具摆设还算齐整，但不是房顶被掀掉了，就是墙壁开裂了。一次，我看到一间体面、华丽的房间，是法兰西第二帝国风格，活像专为博物馆布置的，那么缺乏生气；房间的中央，在一块旧铁板上有生过一堆火的痕迹，房间里随便搁着几个睡袋，靠近墙壁的地方有满满一罐凉了的煮土豆，沿着墙根十几双靴子摆成一行。我知道住在这里的军人会突然回来，要是我想保命就该离开。房间里已横着一具尸体，尸体周围地毯上沾染的血迹已经干了。

尽管有这一切遭受毁灭性破坏的证据，即便到了此时，我进入墙背后时依然怀着以往的期待、希望，甚至渴望。不可否认，当混乱状态达到顶点之时，我差不多已习惯于除了被捣毁和弄脏的房间就不再期待别的了。可有一次我却见到了下面的情景：当时我进入一个四面都是旧砖墙的园圃里，头顶上是清新、明媚的天空，我心里明白这是另一个世界的天空，不是我们的天空。这个园圃种了一点花，但主要是蔬菜。苗床上整齐地种满了青青的植物——胡萝卜的茎叶、莴苣、小萝卜，还有马铃薯、醋栗树丛和成熟的甜瓜。有的苗床被耙松了，准备种东西；有的翻过了土，向太阳和天空敞开着。这个地方充溢着勤劳、满足和希望的气氛。我在一个带来丰产的天空下行走，想到这个园圃的收获将使人们大饱口福。可这还不是全部，因为我意识到这个园圃的下面还有一个园圃。我无须费力就能沿着一条土坡道走到下面的园圃去，那里甚至还铺设了台阶，我想是石头台阶。我往下走到正好在那个园圃下面的园圃，两个园圃面积一样大：这给我带来的安慰和安全感真是无法形容。这个位于下面的园圃与上面的相比，阳光和雨水的供给一点都不见少。这里也有高大、温暖和已出现风化的砖墙，苗床也处在不同阶段的准备和用途之中。有一株优雅的玫瑰在一面墙上生长着。花色是柔黄的，香气在整个园圃里弥漫。在一块沐浴在阳光里的顽石旁边，长着一些石竹和本犀草。这些都是有年头的花了，相当小，但微妙而独特。旧时农家的花卉这里都有，与韭葱、大蒜和薄荷种在了一起。园圃里有一个园丁。就在瞧见他的同时，我发现自己正愉快地倾听脚边奔涌的水声。泥地上掘出了一条水沟，沿着水沟的边缘长着细小的药草和青草。墙边的水沟用石头砌成，比泥地上的要宽一些。那园丁正朝着石砌的水沟弯下身去，水是流经覆盖着碧绿、柔软苔藓的低处的缺口从外面进入园圃的。每个苗床周围都流淌着一股清水，整个园圃形成水沟的网状系统。抬头让目光越过高墙，我看到水是从四五英里外的山上流过来的。虽说已是仲夏时节，但山上还覆盖着积雪，流过来的是融化的雪水，冰凉的，在群山间吹拂的清爽空气沁人心脾。我跑过去向园丁询问时，他转过身来。在这里可以强烈感觉到一个人的存在，这种感觉就像玫瑰花香那样在园圃里弥漫。我问园丁是否有那个人的消息，但他只是点点头，又回过身去干活了。他在控制水的流量，以便让水在苗床间平和地流淌。我的目光在群山和平原之间流连，看到那里有村庄和带园圃的石头大房子，我心想，我所眺望的是地下的世界，这个世界与我此时必须返回的那个层面的世界一样广阔而丰产。我又走到了上面一层的园圃，看到那些老墙映照着夕阳余晖的暖色，此前我站在这里时并没有满耳的水声，但现在我听见水在到处流淌。我谨慎地迈着小步，从一个坚实却潮湿的落脚点跨向下一个落脚点，我闻到齐膝处升起来的苹果薄荷的香味，耳畔响起蜜蜂的嗡嗡声。我看着大地产出的食物，它们可以使我们，使世界上的人都安全度过下一个冬季。园圃底下有园圃，园圃上面还有园圃：赐予食物的地表变为两重、三重乃至无数重——大地的充足、富饶、慷慨……

回到我的日常生活中，在我眼前，琼正无力地坐在一把宽大的椅子上，对着艾米莉端给她的一盘食物，带着病人倦怠的笑容摇头。

“可她总得吃东西吧？”艾米莉忧心忡忡地对我说。看到那孩子继续微笑着拒绝，艾米莉迅速转身将那盘食物放到雨果面前。这样将食物送到雨果面前，和直接倒进垃圾箱没什么区别，因为这条狗已经习惯表示拒绝，它也把头转向一边。此时我看见艾米莉怀着爱悔之心，坐在遭她冷落的“跟班”身边，把脸贴在它的皮毛上，以前她可是习惯于这么做的。我瞧见它如何把头稍稍转向她，虽说它的用意并非表示回应，更不用说是表示快乐了。尽管心里不快乐，它还是舔了舔她的手，那神情就像一个人要做其不愿做的事情，却不能不做……她坐着流眼泪，她在哭。这三个凑到了一起：琼带着不知是什么的病痛，那丑陋的黄皮动物态度谦恭却忍受着心痛，还有情绪激动的年轻妇人。我默默地坐在这三个中间，想着墙背后一个叠着一个、离我们如此之近的园圃。在一天里的这个时候——已是傍晚，那面墙正空白一片，显不出任何纵深感，不存一点指望。我想到那里为这些人和所有其他人储存着那么丰富的食物，想到自己白天坐在这个昏暗、破旧的房间里，外面的人行道照例因那种群落生活而沸反盈天，真难以接受那另外的世界弥漫着花香，流淌着清水，种植了那许多农作物——我确实这么想。我把这藏在心里，我能做到的。越到最后越这样，那种生存或生活的暗示在“日常”生活中变得愈加强烈和频繁，仿佛那个地方正向我们提供食物，维持我们的生命，并希望我们知道这一点。一阵风从一个地方吹到另一个地方，一个地方的空气也就是另一个地方的空气。每当我逃避到墙背后空间的情况结束之后，会出现片刻的疑惑，我的心灵动摇起来，必须使它稳定下来。不要这样！我跑到窗前，让自己相信我所看到的才是现实，才是真实的生活。我牢牢地站在了每个人都会认可的正常状态。

夏末之时，各个年龄段成百上千的人聚集到了人行道上。杰拉尔德此时仅是十多个领袖中的一个。他们中有一个中年男人——这可是事态的新进展。还有一个女人，带领着一小帮女孩。这些女孩可谓自命不凡，她们大声批评男性权威、男人组织，好像她们确立的职责就是在那里评判男人做的每一件事。她们形成了谴责的合唱。那位女领袖似乎还发现有必要花费大量精力，阻止她那个群体中的成员迷失方向，去依附男人。这招致来自男人的并不总是那么善意的激烈抨击，有时也受到其他女人的批评。但与每个人必须面对的难题和困难相比，这种意见分歧就显得不太重要了。而且这是一个很有效率的群体，互相之间和对孩子都表现得温柔体贴，总是愿意提供信息（信息仍是最有用的东西），慷慨地分享他们拥有的食物和财物。

正是那个女人的群体使我们失去了琼。

事情是这么发生的。艾米莉又开始将她白天和黑夜的大部分时间都花在另一座房子：因为有人捎来口信——杰拉尔德需要她，责任感使她回到了那里。她想要琼和她一起去，而琼倾听艾米莉劝说，同意她的看法——但琼没有去。我开始想我会为琼——我真正照管的人而失去艾米莉，我没有感觉对琼有任何特定的责任感。我喜欢这个孩子，尽管她无精打采的样子会使家里的气氛变得低落，使我也没了精神，她还使雨果长久地处于忌妒的伤感之中。当她打起精神和我谈话时，我感到非常高兴，因为大多数时间她都无所事事地坐于沙发的一角。可实际上，我一直想要她离开。艾米莉匆匆回家做一顿琼最喜欢的炸薯条，煮几壶珍贵的茶，在端给她的半满的茶杯里放入珍贵的糖。此时琼问候杰拉尔德，听艾米莉谈到他的情况，然后又问候这个问候那个，她想聊聊天。她对我，对艾米莉说——无疑也是对她自己说：她要去，是的，她明天要去。面对艾米莉非常激动和焦虑不安的情绪，她回应道："明天我会去看看的，是的，艾米莉，我会的。"但她还是待着没挪地方。

在人行道上，艾米莉显得精力充沛。杰拉尔德的队伍壮大到五十人左右，其中一部分人确实住在他的大家庭里，而其他人来自人行道上聚集的人群，他们受杰拉尔德的吸引逐渐向他靠拢。在炎热、漫长的午后，人行道上聚集的人在不断增加。

总是看见艾米莉在杰拉尔德身旁，扮演着顾问和信息来源的显眼角色。此时我做的正是曾经怕引起艾米莉不快，搅扰她心态平衡而谨慎避免做的事。我自己走过街道"去看看发生了什么事"，就仿佛我这么多个月并没有一直在旁观事态的进展！不过所有上了年纪的市民都是这么描述他们第一次乃至后来走访人行道的经历的。他们经常描述这些经历，直到自己也收拾起毯子、暖和的衣服和一点食物跟着某个路过的或从人行道上出发的群落离开城市。我甚至怀疑我走出自己住的公寓到街对面去，是否就是我还没有意识到的内心想要离开的信号。这个念头多么有吸引力，以致它一进入我的头脑就牢牢占据住，我必须拼命地要摆脱它。我第一次去人行道花了一个来钟头，和别人一样站在那里，漫无目的地走来走去。我想亲耳听听艾米莉是如何能干，她每天把那么多时间花在那里干什么。唉，我为之震惊……这孩子如此经常地令我目瞪口呆！此时我在这个不安、活跃、冷酷的人群中游荡，看到每个人（不仅仅是那些似乎已准备向杰拉尔德效忠的人）是如何向她请教消息、信息和建议。而她对此有充分准备。不错，在市郊那个地方的某个商店有苹果干出售。不，开往西边二十英里外一个村庄的公交车并没有完全停运，截至十二月，它还是每周运行一次；下周一早晨十点有一趟车，你得前一夜就去那里排队，并且要准备好为找到座位跟别人争抢——但这很值得，因为据说那里有充足的苹果和李子供应。有个农夫每周五都赶着车进城，来卖羊油和羊皮，要找他的话可以到……强壮的大马有售，也可以用物品交换。是的，四条街以外的地方有幢房子非常适合当马房。至于饲料，可以弄到的，不过最好是自己种，因为有了马，你会需要……明天下午在老广场饭店二层，要组装一种用于做饭和照明的化学装置；需要人手，报酬将是刚才提到的这种装置。木灰、马粪和混合肥料将于星期日下午三点在史密斯街的老高速公路下面出售。教你如何制作家用的风力发动机，学费用食物和燃料支付……空气清洁剂和洁净器、水质清洁剂、土壤消毒器……下蛋母鸡和养它们用的鸡笼……磨刀器……有人熟悉地下的下水管道的图纸，涌入这些管道的河水，在某个地方被输送到地面……在X路和Y弯道之间的街道上生长着优质欧蓍草和款冬属植物，在皮尔特唐公路的角落，有人在一块地上种植土豆，后来就没人管了，种的人可能已经离开这个城市了……艾米莉知道所有这些事情，而且还远不止这些，她凭借着过人的精力和才干深受欢迎，而她身处的场景如同一个交易会，成百上千的自我在彼此碰撞、竞争，互相供养。她是艾米莉，杰拉尔德的女朋友——人们这样提及她，这么说到她。由于了解我去过的那所房子里的状况，我对此感到吃惊。这不是又一个情感上的旧时代遗物吗？或至少说起来是如此？男人有一个女人，一个正式的女人，即便他真的妻妾成群，不是还有第一夫人吗？……既然你可以使用一个过时的词语，再用一个又何妨？我真的试过对琼说到这个字眼——我说的是“杰拉尔德的妻妾”，可她那张小脸对我显出迷惑不解的神情。她听说过这个字眼，但从未将它与自己身边的任何情况联系在一起。不过，她看过一个电影，也同意杰拉尔德妻妾成群。她，琼，是其中一个。她甚至咯咯傻笑，用那对浅蓝色的眼睛看着我，似乎一直在抑制自己的惊讶。她躺在那里，把自己看作成群妻妾中的一员，而这个年少的妇人还有着孩子般没有线条的腰、孩子般的眼睛，浅色的头发被扯向一侧。

艾米莉当然注意到我在人行道上露面了，她会认为我准备要迁移了。人行道上因为聚集了那么多精力充沛的人而那么具有吸引力。在这个世界上勉强糊口的生活方式如此别出心裁，他们做什么都那么驾轻就熟和富有创造力。这让人得到多大的放松啊！一个像耸耸肩这样的动作，就可以让人摆脱所有固有的方式、固有的麻烦，只要你走出一步，穿过街道，加入那里的群落，固有的一切都会融化，失去它们的重要性。料理家务如今更准确的描述可能是“料理穴居杂务”，简直都成了瞎凑合和乱摆弄。人们的生活只是拿“各种现代设施”充充门面，但在这门面之后，人们进行着物物交换、争夺，甚至偷窃生活所需的勾当，人们用蜡烛光照明，用斧子劈柴生火取暖。而街上的这些人，这些群落打算完全抛开这一切，干脆用上路迁移来逃避。当然他们会在某地停下来，找到一个无人居住的村庄并占据它；或者安顿在依然留存的农场主们允许他们居住的地方，干农活或充当农场主的雇佣军来作为回报。他们必须为自己重新建立某种秩序，即便并不比出没于北方森林的不法之徒建立的秩序高明多少。必须得有责任和义务，可能过不了多久，他们就会变得既坚强又愚钝。不过与此同时，一种属于人类早期的生活方式会在几个星期、几个月，幸运的话甚至一年左右占据统治地位：既受到纪律约束，又崇尚平等——当这些人处于最佳状态时，连孩子的声音大家都恭敬地倾听；对个人财产得失的忧虑全部消失；性禁忌全部消失——新群落的情况不同，新群落比那些前辈更具有忍耐力，出现了问题全都共同处理和担当。解脱了。至少从“文明”的残余和相应的负担中得到解脱。令人无限羡慕，令人无限向往，我多想干脆关闭我的住处也跟着离开。可我又怎么能这样做？还有艾米莉呢。只要她不走，我也不能走。我又开始试探性地谈到多盖利夫妇，谈到我们如何在那里要一间棚屋，好好修缮布置一下，使它成为一个家……当然也是琼的家。因为从艾米莉表现出的发狂似的焦虑来看，我认识到不可能将艾米莉和琼分开。

那么雨果呢？事实上她不再把时间花在它身上了，我心想，假如此前雨果曾是让她继续待在这里的理由，那现在不再是了。

我相信在那段艾米莉几乎都不和我们在一起，只是匆匆来看一看琼的时间里，雨果已经彻底放弃了希望。一天，我看见它公然坐在窗前，谁想看的话，都可以对这条丑陋、固执的黄皮狗一览无余。这是一种挑战，或是一种满不在乎。它当然被人看到了。有几个男孩穿过街道来看坐在那里的黄皮狗，雨果也用它的猫眼直愣愣盯着他们看。这让我想到人行道上的一些孩子（五六岁的真正的孩子），可能从未见识过把一只猫或一条狗当作“宠物”来爱，当家庭成员来看待。

“哎呀，它真丑！”我听见有人说，看见有孩子扮个鬼脸一闪不见了。要是死到临头，实在没有什么可以救雨果。谁都不会说：“哦，别杀它吧，它是多么好看的动物。”

于是……一天傍晚，艾米莉回来了，看到窗口惹人注目的黄皮狗。雨果光彩夺目地坐在那里，照亮它的一边是夕阳的余晖，一边是蜡烛的闪光。她感到震惊，立刻就明白了它为何要采取这种违背其自我保护天性的行为。

“雨果，”她说，“哦，我亲爱的雨果……”甚至当她用双手搂住它的脖子，把脸贴在它的皮毛上时，它仍旧背对着她。它不愿软化自己的态度，她知道它是在表示她已经抛弃了它，对它一点都不关心了。

她哄它离开了那把高座椅，和它一起坐在了地板上。她开始哭了，一种因身心疲惫而出现的急躁、气恼、鼻子一抽一抽的哭泣。我能看出来。琼也能看出来，但她不动声色地旁观。雨果也看出来了。它终于舔她的手，克制地让自己躺下，它以这种方式向她表示：*这是为了让你高兴。要是你不关心我，我活着不活着是无所谓的。*

现在艾米莉处于激烈的矛盾冲突中，处于极度的焦虑中。她一直急匆匆地在我的公寓、那所房子，还有人行道之间来来去去。为了琼，艾米莉必须来看琼，给琼带来一点她喜欢的食物，做出在合适的时间带她去睡觉的姿态，因为如果不管琼，她会缩在沙发的一角一直待到凌晨四点或六点，她什么都不做，除了也许是她患病症状（不管这可能是什么病）的内在活动。为了雨果，她必须给雨果一点宠爱。就好像她已把关注雨果确立为自己的责任，那慎重的态度，仿佛对待的是药品、食物，而不是一条狗。还有就是我自己，这个乏味的老监护人、辅导教师——我想还有某种影响力。还有孩子们，要是她离开那所房子的时间太长，那些孩子总是被派来找她。她累坏了，她发脾气，态度尖刻，不断受烦扰，看到她这个样子真让人难受。

然后，突然间，一切都结束了。

问题解决了——琼走了。

有一天，她离开了那个沙发，又到人行道上去了。为什么？我不知道。我一直搞不清楚是什么吸引了琼。反正那天下午她又跟那里的人群在一起了。她好像并不偏向于成为某个群体的一员：你会看到身材矮小、暗淡无光的她，处于别的群落中的时间和处于杰拉尔德聚合的群体中的时间一样多。可以看见她出现在那女人的帮派中，但不过一两次而已。随后那女人的帮派离开了，琼跟她们一起走了。

真的，我们都不相信，一开始甚至都不知道发生了什么事。琼不在我的公寓里。她不在人行道上。她不在杰拉尔德那所房子里。艾米莉发疯似的跑来跑去到处询问。这时她都惊呆了。琼就这样离开了，甚至都没留下一条口信？不错，事情就是这样：有人报告曾听到琼说感觉就像换了个人。

琼没有说声再见、没有留下口信这件事，令艾米莉完全无法接受。琼就不曾有过一点表示吗？我们讨论我们两人掌握的点滴信息，最后终于能给这个境况提供一个事实了。琼离开的那天曾说过："好吧，谢了，我希望我会再瞧见你。"但她不是特地对着艾米莉或对着我说的。我们又怎么可能把这理解成她永远离开之前的告别呢？

令人震惊的是这种行为的不合逻辑。难道琼认为跟我们都不值得费神说一声再见吗？她不明确地说再见是因为我们会阻止她吗？不，这不可信，本来她愿意待着就待着，愿意离开就离开。惊人的事实在于，琼不觉得值得这么做。她一定觉得，她离开我们无足轻重。她竟然不顾艾米莉对她付出忠诚、忧虑和热爱这个事实吗？是的，她对此置之不顾。琼不看重她自己。爱呀忠诚呀努力呀只能倾注给她——犹如一只没底的水罐，注入后就流掉了，没留下任何痕迹。她不该得到什么，她不欠人什么，别人没法真心爱她，因此也不该惦念她。所以她走了。可能某个女人友善地对待她，琼对这点爱的火花予以回应，就像当初她对艾米莉那样。她走了，因为总有一天要离开。早一天晚一天没什么关系，她并不在乎。最后我们的看法达成一致：

是领导那个帮派的女人趁艾米莉常常不能陪伴左右的机会，以她充沛的活力俘获了无精打采的琼。这个女人精力旺盛，有男子气概。

艾米莉无法接受这一切。

这时她开始哭。首先是孩子般受了极度惊吓的眼泪、抽搐的面孔和直愣愣的眼睛，都在表达：什么，这样的事情竟然落到我头上！这不可能！这不公平啊！——泪如泉涌，呜咽不止，发出愤恨和厌恶的叫喊，但带着伪装的眼睛可以说始终未被触动：我，是我坐在这里，这可怕的不公正落到我身上……小题大做的表现、这响动，这哭喊、这泪水，但并非不可容忍，谈不上痛苦，流的不是成年女人的眼泪……

成年女人的眼泪随后到来。

艾米莉眼睛闭着，两手搁在大腿上，身体前后、左右摇晃，她像成年女人那样哭泣，也就是说，仿佛大地在流血。我差点要说*仿佛大地决意要大哭一场*——但用缓和点的词语来表达则显得不够诚实。听着，我当然要对成年女人般的哭泣表示起码的敬意。

还有谁能哭成这个样子？老年妇女哭不成这样。老年妇女流泪可以是悲惨的、可怜的，达到你能想象的程度。但她们的眼泪比要求正义更加明智，她们已经知道得太多，正像血液在日渐衰减，她们已不再具有恶劣的品性了。一个小孩可以哭得仿佛全世界孤独的痛苦全归了他一人，而成年女人哭泣中包含的痛苦可不是这样，它表示已决定要接受一种冤屈。过去如此，现在如此，永远如此，缓缓流泪的紧闭的眼睛、摇晃的身体，都在表达着悲痛。悲痛，没错，这是一种哀悼行为。敌人已经站出来了，你已经着手应对了，但战斗已经打败了，已经尘埃落定，一切都一点不剩地耗尽了，没有一点指望了……不管我自己怎么想，我这里用到的每个词语都处于闹剧的边缘，有的地方会让人忍不住哈哈大笑，就像一个女人正好在这样哭泣的时候，有时令人憋不住笑。因为在生活中，经常会听到放声大笑，这样的笑声和眼泪一样想忍也忍不住。我坐在那里，继续坐着，看艾米莉进行着典型成年女人的哭泣。我希望我能从这里走开，因为我知道此时我在不在场没有什么区别。我很想给她点什么，安慰也好，友善的拥抱也好，或者一杯好茶？（适当的时候我会给她端一杯的。）不行，我只好倾听。倾听悲痛，倾听忍不住的情感表达。丈夫、情人、母亲、朋友，乃至自己也在哭泣流泪的某个人，当然特别是丈夫或情人——这样的旁观者到底该怎么问？这么问吗？——“以上帝的名义，你可能对我、对生活有着怎样的期盼，才使你现在哭成这个样子？你看不出来这是不能接受的吗？你这样哭不能接受，谁这么流眼泪都从来不会被允许……你看不出来吗？”但这么说没用。茫然的眼睛盯着你的方向，但看到的不是你，而是某个古老的仇敌，你得庆幸盯着的不是你。没有用的，这就是生活或命运或气数，这类力量打击这个女人，伤及她的内心，她将一直这样坐着，怀着早已不常见的、可怕的悲痛摇晃着身子，那正在撕裂她的啜泣成了她全身必须依靠的支柱之一。至少可以证明她的存在。

到了某个时候，艾米莉便倒在地上，蜷缩成一团，仪式似的渐渐减弱为完全不同的另一个调子，她像孩子那样抽着鼻子，打着嗝，最后睡着了。

可当她醒来时，她不回另一所房子了，也不到人行道上去了。她坐在那里，默默承受。要是没有什么事情激发她，她很可能永远这样待下去。

杰拉尔德过来看她了。不错，他以前来过，经常来向她咨询。由于他的到来没什么新鲜的，我们不知道他，还有我们，遇到了新的麻烦。当时他自己也没弄清楚。

他想谈谈“一个新孩子帮”，他感到要对他们负责。这帮孩子住在地铁里，为食品和所需用品出来发动突袭。这也不是什么新情况了。很多人已经习惯地下的生活，虽说这让人感到有点奇怪，因为有那么多的住房和旅馆空着没人住。可他们可能是警方积极追捕的人，或者是某种罪犯，感觉住在地下更安全。

此时这些“孩子”像鼹鼠或老鼠一般住在地下，杰拉尔德觉得他该对此做点什么，因此他想要艾米莉支持和帮助他。他拼命想使她振作起精神，以她的信心和能力增添他的能量。

他百般恳求，艾米莉总那么无精打采，态度冷淡。这情形非常滑稽。艾米莉，一个女人，坐在那里完全不动声色：你想要我回去，你需要我，看看你这样子，像一个求婚者，几乎都要跪着求我了，可当你拥有我的时候，你并不看重我，不把我当回事儿。干吗不去找别人呢？嘲讽意味显现在她的姿态和手势中，她的眼睑上闪烁起饱含谴责的聪慧之光。从他那方面看，他知道她在责备自己，他必定在这件事或那件事上罪责难逃，可在她如此深切地感觉到之前，他从未想过自己犯下了多么严重的罪行。他在记忆中搜寻当初在干的时候就感觉有过失的行为，在记忆中翻检只要他真想尝试和愿意尝试，此时就会认为做法欠妥的行为……也许这算得上是滑稽透顶的情境？

他坚持不懈。她毫不让步。他像男孩那样穿着撕破的运动衫和撕破的牛仔裤。这个土匪确实很年轻，是个年轻的首领。他显得很疲倦，很焦虑。他的样子仿佛需要将头靠在某人的肩膀上，让别人劝他：好了，好了！他的样子仿佛需要好好吃一顿和好好睡一觉。还需要描述发生的事情吗？艾米莉最后不动声色地微笑——对自己微笑，因为他不明白她为什么发笑。她也不会与我分享她的感受，这样就对他不忠了。她振作起精神来接受他的恳求，他都搞不清她是不是真心，因为他循循善诱地继续进行着解释和规劝。他们像一对年轻夫妇那样简短地讨论了家里的问题。然后她跟他一起走了，随后的几天我都没见到她，我只是陆陆续续听到了一些情况，才认识到他们遇到的新问题的性质，才弄明白这些“孩子”怎么会这么让人头疼。这些情况，我并不都是从艾米莉那里了解到的。当我走到人行道上的人群中去时，人人都在谈论他们，他们对我们每个人都是问题人物。

一个新来的帮派。通过认识事情的缘由，我们不得不承认，比起当初我们交换有关“那边的那些人”和迁移的群落、帮派的传闻和谣言，我们的境况已大不相同了。不久以前，我们心惊胆战地看到一伙暴徒经过我们的窗前，就已经觉得是陷入无政府状态的极限了。几个月之前，我们还认为这些帮派无非是乌合之众。现在我们却在自问是否和何时加入这些帮派。可当我们研究和认识这些帮派和群落时，最引人关注的是它们都有组织结构，就像原始人或动物的群落，事实上那里盛行一种严格的制度。跟人们过上一段时间这种生活，你就会掌握那些规则——虽说当然不是书面的，但你知道可以期盼什么。

这恰恰是那些新来的孩子不同于别人的地方。谁都不知道可以期盼什么。此前，许多没有父母的孩子自愿投靠别的家庭、家族或群落。他们野性、不易相处、常惹麻烦、使人心碎，他们与稳定社会中的孩子不同，但可以在了解和理解的范围内解决他们的问题。

新来的“孩子帮”可不是这样。更准确地说是好几个帮派——不久我们就得知还有别的“孩子帮”存在，这类同化能力非凡的孩子帮不只是存在于我们这个地区。他们年龄都非常小。最大的九岁、十岁。他们好像根本没有过父母，根本没有感受过家庭的温暖。有些孩子就出生在地铁里，被遗弃了。他们是怎么活下来的？没有人知道。但这些孩子却知道怎么活下去。他们偷窃生活所需的物品，他们的生活需求确实非常少，有衣服穿就行。不，他们不像动物那样互相舔并愉快地呜呜叫，而是像人们那样，看别人示范以找到他们认为值得称道的行为。他们也不是一个帮派，而是仅在数量优势中寻求保护的一类个体。他们彼此间没有忠诚，假如有，也只是间歇性的、靠不住的忠诚。他们会跟着一个群体猎食一小时，接下去又谋杀这个群体中的一员。他们凭一时的冲动结成一伙。他们之间没有友情，只有按分钟计算的联合，他们似乎没有记性，连几分钟前发生的事情都忘得一干二净。在我们附近有三四十个这样的孩子结成一帮，我第一次看到人们显出抑制不住的真正惊恐的反应。他们要去报警，要去找军队，他们要把这些孩子从地铁里熏出来……

我住的这幢楼里有一位女士，她带了一些食物去看看“是否能为他们做点什么”，却遭到了两个孩子的袭击。她把食物递给他们，他们当场就吃了起来，撕扯，啃咬，互相吼叫。她在一边等着，想跟他们谈谈，想提供帮助、更多的食物，甚至住的地方。他们把食物吃光就走开了，连看都不看她一眼。她坐了下来，这里是地铁出口附近的一个旧仓库，整个地面都长起了野草和灌木，这个地方既可躲藏又很宽敞，因此需要的话她可以迅速逃走。而她确实需要逃了……她坐在那里时，看见四周都是悄悄接近她的孩子。他们拿着弓箭。正像她所说的，简直不能相信。“他们真的无可救药了”这句话竟轻轻对他们说了出来，既指她无法为他们做点什么，又指他们所做的冒险事情。她内心充满恐惧，认识到他们不理解她。不，这意思不是他们听不懂她的话，因为他们彼此在用可辨认的词语进行交流，即便不成句，那也是词语，不是咕噜声、狂吠声或尖叫声。她继续坐着，知道一时的冲动就足以令那些孩子张弓搭箭，一支箭便会朝她飞来。她尽可能地继续说下去。她说，那就像是在真空里说话——那是她一生中最怪异的经历。“当我看他们的时候，他们只是孩子，这是我那笨脑瓜子怎么也接受不了的，他们只不过是孩子……但他们很邪恶。我终于站起来离开了。这时最坏的事情发生了，他们中的一个从我身后追上来，用力扯我的裙子。我简直不能相信会发生这样的事。我知道他轻易就会用刀捅我。他嘴里嘬着手指头，正扯着我的裙子。他咧着嘴笑。这只是一时的冲动，你觉得呢？他并不知道他在干什么。紧接着我听到一声大喊，他们都来追我了。我跑啊跑，我能告诉你的是，我跑进了拐角处的老广场饭店才算逃脱，我把自己关进四层的一个房间，一直待到天黑，才把他们甩掉。”

这些孩子就是杰拉尔德决定他的大家庭必须去救助的人。有适合他们住的地方吗？总有地方吧，要是这个地方住不下，路对面还有其他的大房子，也许艾米莉和他可以同时管理两所房子？

有许多反对这个主意的声音。每个人都反对，艾米莉也不赞成。但杰拉尔德把反对意见压了下去——他总是这样，因为毕竟是他养他们，给他们吃的和用的，是他肩负着责任。要是他说可以这么做，那么也许……他们只是“小孩子”，在这件事情上他没有错。“只是一帮小孩子，我们怎么能让他们在那里烂掉、死掉呢？”

我相信那所房子里的其他人都用“反正他们不会来的”来安慰自己。但他们想错了。杰拉尔德能使人们信任他。他全副武装、样子很显眼地进入地铁。是的，他吓了一跳……他们从洞里、角落里和坑道里爬出来，他们似乎没什么光线也能看清东西，而他借着火炬光还看得模模糊糊。他是独自去那里的，既然他们与每个人为敌，他也就是一个敌人。他送给他们的东西，他们甚至都不知相应的词语怎么说。可他有能力使他们跟从他。他从地铁走回来时，就像彩衣吹笛人[1]，二十多个跟来的孩

1. 欧洲民间传说有“汉默林的彩衣吹笛人”。汉默林小镇遭遇鼠害，一个身着彩衣的神秘吹笛人用笛声诱出了老鼠，但却没有获得应得的报酬。为了报复，他又一次吹笛，拐走了许多孩子。

子吵吵嚷嚷跑遍了整所房子。他们开门关门砰砰巨响，用拳头砸穿窗户上珍贵的聚乙烯板。闻到正在烹煮的食物味道，他们就成群地站在一起等候食物端来。他们看到年龄和他们相仿的孩子们，以及成年人都坐下等候，这情景令他们感到大为惊讶。好像他们也被驯服了，或至少暂时把习惯方式抛到一边。或许他们是感到好奇？他们不会在桌边坐下的——他们从未这样做过，他们也不会有秩序地坐在地板上等别人递上食物，而是站着从经过他们面前的托盘里攫取食物，囫囵吞下。他们明亮却冷酷的眼睛观察着眼前的情景，试图理解这一切。当没有足够的食物满足他们被激起的期望时，他们就尖叫着、讥笑着跑遍房子的各个角落，砸烂一切。

这个大家庭马上就破裂了。杰拉尔德听不进原有居住者的诉求。那些孩子原先的境况有令杰拉尔德不能容忍的地方。他必须把他们安置在这里，必须试一试，他是不会将他们撵走的。此时事情已经来不及补救了。其他人离开了。不出几个小时，杰拉尔德和艾米莉就发现他们的“家庭成员”都走了，于是他们成了这帮野蛮孩子的养父母。杰拉尔德显然真的相信可以教给这些孩子为每个人利益考虑而制定的规定。规定？他们不可能理解这是什么意思，他们不会有房子就如同一部机器的想法。他们破坏一切，把花园里的蔬菜连根拔起，坐在窗口像猴子那样朝过路人扔脏物。他们醉醺醺的，他们自己学会了酗酒。

从我家窗口，我看见艾米莉的一条手臂上缠着绷带，便过去询问出了什么事。

“哦，没什么大不了的。”她带了点冷幽默，然后就说了事情的经过。那天早晨，她和杰拉尔德走到楼下，发现孩子们像猴子关在过小的笼子里那样蹲坐在一起互相抓挠。旁边有小块小块烤得半熟的肉。房子附近有一个下水道的出口，他们在烤老鼠吃。这些孩子对地底下的一切都熟门熟路，他们带着弹弓和弓箭爬进了下水道。

艾米莉和杰拉尔德在楼上商讨应该采取的策略。他们的处境很凄凉。他们已找不到原先大家庭里的孩子，一个都找不到。那些人要么去了其他公社或大家庭，要么认定已到了加入迁移队伍永远离开这个城市的时候。这两个人完全被这些新来的孩子孤立起来。最后，他们决定来一次干净利落的事务性走访，必须到楼下去，尝试进行一次通情达理却又措辞严厉的对话，事实上他们所要进行的是大人教训孩子的那一通“晓之以理”的老套讲话，要在报应降临之前唤醒孩子的是非观。可问题是什么报应都不存在，对这些被遗弃的孩子来说，没有什么是他们不曾经受过的。艾米莉和杰拉尔德意识到没有什么能吓住他们，可以对他们说，每个成员都保持这个地方的清洁、一起工作、互相尊重个性就能使整个群体的生活更舒适，但这个论据毫无新意，而且除此之外就没别的可说了。而这些孩子存活到现在，从未有过或听过这样的想法。

但不能再多想了，这两个年轻父母到了楼下，这帮小家伙中的一个突然冲向艾米莉，用棍棒打她。他又打了她一棍，大叫起来，这时另一个孩子也跳过来加入了攻击。杰拉尔德想去救艾米莉，却发现自己也遭到攻击，十几个孩子围着他又打又咬又抓。他们得用尽全力才能击退这些孩子，可这些孩子都不超过十岁。他们的内心强烈地感觉到不该击打或伤害孩子，就像艾米莉解释时说的，这种感觉“使我们的手臂麻痹乏力”。“你怎么能打孩子呢？”即便艾米莉的手臂青肿得很厉害，杰拉尔德还是这样要求自己。站在那里严阵以待，血流得到处都是，这两个年轻人挡开孩子们的攻击，大叫大嚷压过孩子们的尖叫声，试着讲道理规劝他们。这些告诫得到的回答，便是孩子们在房间角落里紧紧地聚成一堆，脸朝外，露着牙，握着棍棒准备抵抗攻击，就仿佛他们的话语是投掷的武器。艾米莉和杰拉尔德终于脱身了，又进行了一番商讨，决定必须做更多的尝试，却不知道尝试什么。那天晚上，当他们躺在房子顶层的床上时，他们闻到了烟味：这些孩子在房子底层点着了火，就好像这房子不是供他们挡风避雨的地方。火被扑灭了，在杰拉尔德提出恳求、讲道理和规劝的时候，这些野蛮小孩再次畏缩在他们的武器后面。尽管杰拉尔德简直要气疯了，但他就是不能容忍拯救不了这些孩子这个事实。当然他究竟为什么这样，那就不是我们该问的问题了。弹弓射出来的一块石头只是偏了一点，没击中他的眼睛，但打破了他的脸，颧骨都露了出来。

这可怎么办？

这帮孩子赶不出门去了。有谁要赶他们出去吗？不是这样。杰拉尔德曾亲手为这帮入侵者打开了大门，他们现在留下了。干吗不留下！他们有成叠的床上用品、衣服，壁炉里烧着燃料——此前他们从未这么暖和过。几乎可以肯定，这所房子不久就会被烧掉。它曾经整齐而清洁，现在地板上、墙上、天花板上，食物扔得到处都是。房子里散发着大便的臭味：孩子们在楼梯平台上大便，甚至在他们睡觉的房间里大便。他们连动物的那点清洁习惯、负责任的本能都没有。无论从哪方面讲他们都比动物和其他人低劣。

他们威胁到这个社区的每个人，于是次日人们要在人行道上举行一次大会来讨论这个问题。人们都从附近的公寓和房子里出来。我受到了邀请。原先隔绝市民生活与人行道上生活的无形障碍彻底被推倒了，这表明这些孩子已经构成多么严重的威胁。

次日下午我出去了，小心地将雨果留在我的卧室里，锁上门，拉下窗帘。

这是秋天的一个下午，太阳已低垂，阳光冷冰冰的。到处枯叶飘零。我们站在一起，黑压压一大片，有五百多人，还不断有人加入进来。在临时用砖搭起的小讲台上，站着六个领导人。艾米莉跟杰拉尔德一起站在上面。

讨论还没有开始，作为大会议题的那帮孩子也到了会场，离开一点距离站着听。此时他们有四十来人。我记得我们因他们和我们在一起而深受鼓舞，这也许形成了一种全体居民的感觉？至少他们懂得这里要开一个和他们有关的会议。他们已听到了这些话，而且以和我们相同的方式理解了这些话……然后，他们就开始跺着脚走来走去，嘴里唱着："我是城堡里的王，你们是肮脏的流氓。"这真可怕。他们把这首古老的儿歌当作战歌来唱，他们把内容当真了。可还不止这些，我们都能感觉到这些脱口而出的歌词有多么熟悉，事情改变得多么快，我们会改变……已经改变了——那些孩子就是我们自己。我们知道这一点。我们绷着脸，闷闷不乐地站在那里听。杰拉尔德开始描述有关情况时，那带嘲弄意味的尖声歌唱一直伴随着。与此同时，人群中还存在着一种忧虑和不安，不只是由于这些孩子的在场，还由于我们的私心杂念。因为这里的情况就像平日里所谓的“群众集会”，我们有充分理由惧怕这样的会议。我们最为担心的是引起当局注意——当局应该很警觉。杰拉尔德还是那样措辞得当，说明事情的本质所在——拯救孩子是为我们所有人着想。而我们肩并着肩站着，再次听一个人站在讲台上对我们讲话，心里想着这样的近郊居住区有很多，这里只是其中一个居住区里的一条街，我们的自在习性——眼睛里只有我们自己，只有我们的人行道和那里活力非凡的生活，是能够应付上述担心的一种方式。这种方式很有用：我们不值得关注，这个城市大着呢。明智的话，我们就能继续过我们不稳定的生活，明智的话，他们（当局）就注意不到我们。他们始终不渝地采取不闻不问的态度，但他们仍旧不会容忍焚毁房屋或街道，不能容忍威胁到每个人的无法无天的孩子帮。我们中间有他们的密探。他们了解事情的进展。

也许我这里描写的只是这个社区发生在我们中间的事情，我不能足够清晰地描绘此时我们这个不同寻常的社会怎么运行……毕竟它是在运行。尽管日常生活简直都快消亡了，或被新的形式所取代，笨重、迟钝、更加难以协调统一的政府机构却一直在继续运行。几乎每个有工作的人都在行政部门上班，我们普通百姓当然要开玩笑说：政府机器保持运转就是为了让有特权的家伙能有工作，领到工资。这话反映了某种真实情况。政府真正做的就是适应发生的事情，但自欺欺人地假装开创了这些事情。为数众多的法庭在继续工作，法律程序要么烦琐拖沓，要么出人意料或异常严酷，就仿佛法律实施者只有对自身程序和惯例失去了耐心，才想做点什么给人以深刻印象。因此法律可以突然被彻底废除、宣布无效和重新制订，然后替代的法律运转起来还像以前一样笨重、费劲。虽说政府一直在采取紧急手段腾空监狱，但监狱还像以往那样满满当当。犯罪事件层出不穷，似乎每天都有新的、未曾预见的犯罪类型出现。少年管教所、教养院、福利之家和养老院的数量都激增，成为野蛮和可怕的场所。

所有事情都在运行。以某种方式运行。可以擦个边儿，在当局容忍的某个范围内做，而在另一范围就不行了。开这种大会远远不只是擦边的问题。警方的一长溜警车很快就会到达，把这些孩子拖走，监禁到一个他们在那儿活不了一周的“家”里。凡了解他们情况的人，都会对他们怀有怜悯之心。我们中没有人希望他们在那样的“家”中被关到死，但我们也不想（我们不能容忍）让警察光临本地，那样的话，官方就会注意到这里有上百个不合法的事。住在房子里的人并不拥有这些房子；享用花园里生长的食物的人是无权吃这些食物的；废弃楼房的底层供马和驴居住，它们是无数非法经营的小生意的运输工具，那些小生意致力于巧妙地调整和改装各种过时的技术；还有养火鸡的小农场、养鸡场、养兔棚，如同雨后春笋一般生机勃发，所有这些新的生计都是非法的。它们都不该存在。官方对它们视而不见，当“他们”被迫去关注这些事务时，他们就派军队或警察把它们全部肃清。这样的光临会在新闻标题、大篇幅公告和新闻广播中这样被提及：“某某街今天进行了清除行动。”大家都清楚地知道发生了什么，并庆幸这事发生在别的街道。

大家最害怕的就是这样的“清除行动”，可我们还聚众集会引诱“他们”到来。杰拉尔德情绪异常激动地继续说着，好像讲话本身就能解决问题。他的观点是：对付这些“孩子”的唯一方法是把他们分开，把他们一个、两个地分给各个家庭。我记得当时从这帮孩子那里传来嘲笑声，他们脸色苍白，表情非常气愤。他们不跳那可悲的战争舞蹈了，而是站到一起，脸都朝外，准备动用武器。

一个年轻人从众人的头顶上冒出来，他搂着一棵树的树干，趴在树上。“我们这么做为了什么呢？”他喊道，“要是他们现在来了，我们就都完了，别去管那些孩子了。要是你们想知道我是什么想法，我们应该通知警察，让警察来解决这个问题。”

“我们没法对付的。杰拉尔德试过的，杰拉尔德你是不是试过了？”

他从树干上滑下来，消失了。

此时艾米莉说话了。好像是有人请她说的。她站在那摞砖头上，神情严肃、忧虑，她说道：“你们能期望什么？这些孩子在自卫呢。他们学会的就是自卫。也许我们应该坚持下去，继续帮助他们？要是你们想这样，我愿意效劳。”

“不，不，不。”人群里到处传来喊“不”的声音。有人喊道:“看样子他们已打断了你的手臂。”

艾米莉露出微笑:“是谣言弄断了这条手臂，而不是这些孩子。”有几个人听了笑起来。

我们站在那里。这么一大群人都在迟疑中保持着沉默，这可不多见。向警方报警完全超出了我们容忍的底线，我们不会让自己这么干。

一个男人叫喊:“我要自己去报警了，事后你们再跟我辩个明白吧。要么我们这么做，要么为期不远的某个晚上整个社区都被大火烧个干净。”

现在那些孩子开始侧着身子往外溜，还是紧紧聚成一堆，手里抓着棍棒、石头和弹弓。

有人喊道:“他们走了!”那些孩子离开了。人群推着挤着摇晃着，想看到那些孩子如何跑到路对面去，消失在朦胧的薄暮之中。

“真是耻辱!”人群中一个女人喊道，“他们吓坏了，这些可怜的小东西。”

就在这时传来一声叫喊:“警察!”大家都逃散了。从我公寓的窗口，杰拉尔德、艾米莉、我，以及其他几个人，看到几辆大警车呼啸而来，警灯在闪亮，警笛在尖叫。人行道上已空无一人。警车成队地行驶，绕着街区开，然后再转回来。这些尖叫、绕圈、铿锵作响的警方怪物，在这悄然无声的街道上驶来驶去有半个小时左右，用我们的说法就是“显显威风”，然后它们就开走了。

“他们”所不能容忍的，直到现在仍然不能容忍的，就是这种类似于公共集会的活动，这种活动威胁到他们。说起来很奇怪，也很可怜，这个时候人们最不关心的就是改变政府的体制，我们只想忘了它的存在。

等街上安静下来，艾米莉和杰拉尔德到那所房子去，看看那帮孩子是否回到了那里。他们去过又走了，拿走了他们的全部家当——棍棒、石头和武器，还有烤老鼠肉和生土豆。

他们两个拥有了这所房子。现在他们完全可以在那里建立一个新的公社。以前的那一个还可能恢复吗？当然不可能：曾经自然生长的某个有机体已经被摧毁。

天气很冷。燃料剩下不多了。在那漫长、阴暗的下午和傍晚，我在房间里坐着，一根蜡烛闪着微光。我也可以把它熄灭，让炉火照亮屋子。

一天，我坐在那里，盯着摇曳的炉火，我的目光穿过了火焰，进入一个我能想象的最不协调的场景中。我怎么能说一个不存在时间的世界是“不合时宜”的世界呢？不过即便在那里，在那个你遇到什么就是什么、不会对事情的秩序说三道四的地方，我也在想：此时自发显现的是多么古怪的场景啊！

我和雨果在一起，雨果不只是给我做伴，作为一条狗，它还是我的帮手。它是一个生物，一个有自身权利的个体，对于我看到的事件也是必不可少的。

这是一个女孩的房间，一个女学生的房间。相当小，挂着传统的带花纹的窗帘，床上铺着白色的被单，桌子上整齐地放着教科书，白色的橱柜上钉了一张学校的课程表。镜子通常在房间里都会不显眼，比如只在洗脸盆上面钉一块小小的镜子。但这个房间里却有一面宽大的长方形镜子，边框布满了涡形、镀金、花纹和凹槽装饰，这种镜子会出现在电影布景中、某家时髦服装店或剧院里。挂着这样一面镜子只是因为这个场景需要这样的气氛和某些必要的情感因素，朴素的小方镜可满足不了需要。在镜子前面，有一位年轻女子。是艾米莉，一个女孩展示或包装得就像一位年轻女子。

雨果和我并排站着看她。我的手放在那动物的脖颈上，我可以感觉到从它恐惧的内心发出、传到我手上的不安的颤抖。艾米莉十四岁左右，但她，就像人们曾经习惯于说的，“完全成熟了”。她穿着晚礼服。礼服呈猩红颜色。我看着这礼服，看着她，感觉真是难以形容。我的感觉当然很强烈。这种礼服是在怎样的塑造女人？因此我为这礼服，更准确地说是为这样的礼服居然一直被容忍、一直有女人穿而感到震惊。

这种服装腰围和胸部都很紧，用“胸部”这个词非常准确，而不是会随着呼吸上下起伏，随着情绪或每月周期性变化而变化的乳房，乳房形成了一个单一的鼓起来的土墩。肩膀和后背裸露。这礼服的髋部和臀部到膝盖都很紧，这一部分很显眼，因为艾米莉臀部丰满，形成单一的隆起部分。再往下，礼服在她脚脖子周围盘绕、舒张。这是一种艳俗的礼服。它对身体的炫耀也是反常的和不显性别特征的，体现了把女人打扮成这样的那种男人的幻想——把女人打扮成可笑的玩偶，既具挑逗性又无法自立；解除她的武装，把她塑造成可厌、可怜、可怕的怪诞作品。这种可怕的礼服是成千上万的女人在其一生中穿过的传统服装，是女人们垂涎的服装，是女人们在无数的镜子前赞赏的服装，是女人们用来遮盖她们受虐性幻想的服装。艾米莉穿着这猩红的恐怖礼服站着，她在镜子前将头转向这儿转向那儿。她头发往上拢，裸露出后颈。她的指甲也涂了猩红色。在艾米莉一生中从未有过这样的时尚，至少对普通人来说，根本不存在什么时尚，可她却在这里，离我们就几步远。由于觉察到我们——她忠实的狗和她焦虑的监护人，她慢慢转过头来，带着低垂的长睫毛朝我们看，她的嘴唇为幻想的吻而微微张开。那个高大的女人——艾米莉的母亲走进了房间，她一出现立即缩小了艾米莉的空间，使她显得特别瘦小，因此从这位母亲站在那里的这一时刻起，艾米莉就开始变小。艾米莉面对着她，在个头儿缩小的同时，做出挑逗性的动作，扭动着身子，还伸出舌头做鬼脸。母亲注视着她，深感厌恶和震惊。她女儿正变得越来越小，成了一个猩红色的微型玩偶，胸部鼓起，从腰部到膝盖显出她臀部的轮廓。这个小玩偶扭动着做出种种姿势，然后在一股红烟中消失，就像关于肉体和魔鬼的道德故事中常有的那样。

雨果往前进入了镜子前的这个空间，对着镜子嗅来嗅去，然后又在艾米莉刚才站过的地板上闻着。母亲的脸因为厌恶都变了形，但这一次是这条狗令她这么反感。“走开。”她气喘吁吁地低声说——这声音以一种极端的厌恶或恐惧要把我们挤出这个空间。“走开，你这肮脏龌龊的动物。”雨果朝我这儿后退，我们在那步步紧逼的女人面前一起往后退，那女人举起拳头要打我，要打雨果。在那女人往前逼的同时，我们赶快往后退，接着退得更快。她在变大，变得异常庞大，把艾米莉这女孩住的房间，连同傻气的常规摆设、那面不协调的镜子都吸纳进了她的身体，然后啪的一声——我们回到了客厅，黑暗之中一根蜡烛在其形成的光的空洞里光芒四射，在这里，一个火苗温暖着围绕它的小小空间。我坐在平常坐的地方。雨果靠近墙，直立着看我。我们对视着。它发出呜呜的叫声……不，准确地说它在哭。它转过身蹑手蹑脚进了我的卧室。

这是我最后一次在我称之为“个人的”空间里见到艾米莉。我的意思是说我没有再进入过展示她作为女孩或婴幼儿成长的场景之中。那恐怖的镜子场景，连同它反常的含义，是这些场景的结尾。穿越火焰或炉火微弱的闪光进入另一个世界，这也是以前没有过的。在那些漫长的秋夜，当我坐在节省使用的炉火旁边，也不曾找到那些打开的房间，或者我不认为自己找到过。从进入那个地方的旅程回归之后，我可能对我经历的事情和去过的地方并没有真切的记忆。我可以从尚未消失的情感或精神疲惫的感觉中，知道我曾去过那里：那里温柔甜美、汩汩不息的水源曾滋养过我；我也曾遭受惊吓，受到威胁。或者此时充满这个房间的亮光里面含有来自*那里*的另一种亮光，我已将它随身带来了，并保留片刻，引起我对它所代表的东西的向往。

而当它暗淡下去的时候，空气是多么迟滞、混浊和凝重啊……雨果已开始干咳，当我们坐在一起时，它会忽然跳起来跑到窗口，用鼻子顶，用身体两侧使劲推。我去打开窗，我也感觉到房间里空气污浊、凝重，让人昏昏沉沉。我们会并排站着，呼吸着从外面涌进来的空气，想用这新鲜空气把自己的肺冲洗干净。

那以后我有几天没见着艾米莉的面。我穿过几条街来到杰拉尔德那所房子。走过的街道还像以往那样凌乱不堪，却似乎干净多了。就仿佛大量的脏物、杂物遍地爆发出来，但随后的风，或至少是空气的运动，把其中的一些刮走了。我走这一段路的时候没有见到一个人。

虽然希望不大，但我还是怀着一些期待，想看到有人为恢复那个蔬菜花园付出努力。可没有人这么做。花园被破坏，遭践踏，有几只鸡在里面忙自己的事儿，一条狗正在灌木下悄悄地爬向它们。这个情景非常鲜见，致使我驻足观看。不是一条狗，而是一群狗，它们从各个方向朝那些啄食的鸡爬去。这时我心中的不安无以言表——简直是大难快要临头、境况发生巨变的感觉。一群狗！数目有十一二条的一群狗，这可能意味着什么？看着这些狗，我皮肤的刺痛感和额头上的冷汗告诉我：我害怕了，而且有足够的理由感到害怕——这群狗可以选择捕猎我而不是那些鸡。我尽可能快地跑进那所房子。它很清洁，却空空荡荡。沿着楼梯往上走时，我倾听远离楼梯的房间有没有动静，什么声音也没有。

到了楼顶有一扇关着的门。我敲了门，艾米莉把门打开一条缝，看见是我就让我进去，又赶快把门关上，闩上门。她一身毛皮，裤子是兔子或猫皮的，毛皮的短上衣，灰色的毛皮帽子压得很低，快遮住脸了。她的模样就像童话剧里的猫，但脸色苍白，神情悲伤。杰拉尔德在哪儿？

她回到在地板上用毛皮小地毯和毛皮坐垫为自己构建的窝里。房间里散发着来自毛皮的兽穴似的味道，但试着深吸一口，我意识到除此之外空气新鲜而透彻。我大口地呼吸着这里的空气。艾米莉在地毯上给我腾出一个地方，我坐下来，用身边的毛皮盖住自己。这里没有暖气，感觉非常冷。我们默默地坐在一起，呼吸着。

她说:“现在外面的空气简直都没法呼吸了，我尽可能地待在这里。”

我很清楚，这个时候的情况往往如此：某个人说的话里包含对事实真相的暗示，虽然只是部分掌握了事实真相，却指向了显而易见的结论……在这个场合，结论就是我们呼吸的空气对我们的肺实在有害，长期以来空气变得越来越污浊，越来越浓稠。我们对此已习以为常，已适应了。我就像其他人那样，不愿做长一些、深一些的呼吸，仿佛对我们的肺和整个身体实行定量分配，这样也可以限制有害气体的进入——什么有害气体？虽说不清楚是什么有害气体，但人人都知道，在说话时都提到！这又是“它”了，具有一种新形式的“它”，也许这是其原本的形式？

坐在这个房间里，地板上到处覆盖着毛皮供人躺卧和斜靠，在这里除了躺或坐没有别的事可做，我感觉自己很高兴只是坐在这里，坐在这里呼吸。我长时间地坐着呼吸，感觉头脑变得清醒了，精神也振作起来。我透过洁净的聚乙烯板看浓密的天空，载着雪的云层骚动不安。我看着墙上光线的变化。艾米莉和我一次又一次互相微笑。到处都静悄悄的。在某一个时刻，花园里传来一阵激烈的鸡鸣狗吠，但我们都不为所动。声音停止了，又恢复了沉寂。我们没有挪动身子，只是坐着呼吸。

房间里安装了机器：一个悬在天花板上，一个搁在地板上，还有一个钉在墙上。这些机器都是用来净化空气的，它们通过释放电子、负离子气流发挥作用——人们使用这类机器已经好一阵子了，正像水龙头里的水非得经过某种净水器（有很多种），人们才敢使用。空气和水，水和空气，是我们的基本物质，我们在这两个元素中游泳和活动，我们由这两种元素形成、变化，持续不断、无休无止地再生和更新……我们被迫不信任它们，躲避它们，对待它们如同可能的敌人已经多久了？

“您应该取一些机器带回家，”她说，“有一个房间满是这种东西。”

“杰拉尔德呢？”

“哦，他到一个仓库去了。这个房间底下有一个房间存放这样的机器。不过我会帮您拿的。您怎么能生活在那么肮脏的空气里呢？”她说这些话时给人的感觉，就像一个人把想说的话又咽了回去。

她露出了微笑——带着责备。

“你要回来吗？”我迟迟疑疑没有说出“家”这个字。

可是她说："是的，我要和你回家。"

"雨果会很高兴的。"我说，没有任何责怪的意思。但她眼里噙满泪水，脸也红了。

"你现在为什么能回家了？"我大着胆子问她。但她摇头，意思是：等一会儿我再回答……等控制住了自己的情绪，她回答了。

"现在我待在这里没有意义了。"

"杰拉尔德走了？"

"我不知道他在哪儿。自从他搬回那些机器就再没见到他。"

"他又为自己组建了一个新帮派？"

"他是想这么做。"

等恢复了常态，她将毛皮卷成一大捆准备带走，又把其他毛皮铺开来包裹机器。有人敲门，艾米莉去察看。来的不是杰拉尔德，而是两个孩子。一看到孩子，我就感到害怕。我"头脑里一闪念"想到了另一帮孩子！我们每个人现在一见到孩子就惊慌失措，甚至在那帮"可怜的小孩子"到来之前就已经这样了。

这两个孩子，脏兮兮，脸上充满生气，敏感、谨慎，离开我们一定距离坐在铺着毛皮的地板上，他们之间也保持着距离。每人都拿着沉甸甸的棍棒，棍棒都有一个装饰着钉子的圆头。他们准备用这棍棒对付我们，对付对方。

"我想要呼吸一点新鲜空气。"红头发的男孩说，乳白的皮肤上面带有可爱的雀斑。另一个美丽天使模样的小女孩自言自语地说："是的，我想要一点新鲜空气。"

他们坐着，呼吸着，看着我们。我们一边提防着他们，一边继续卷着、包裹着东西。

“你们要去哪儿？”那女孩问。

“告诉杰拉尔德，他知道在哪儿找到我。”

这话给了我太多可供思考的养料，当时我都来不及吸收了。

这两个孩子是杰拉尔德新帮派的成员？他们该不是来自地铁的孩子帮成员吧？假如他们真的来自那个孩子帮，那么……也许那个帮派只有抱团时才是致命的，而孩子个人是可以挽救的，那么说杰拉尔德当时是对的？等我们收拾停当离开时，这两个孩子也跟着我们出来，但他们却在我们眼前把花园变成了屠宰场：到处散落着羽毛，还有小块的肉和一条死狗。我们离开时，两个孩子蹲在尸体的两边，用锋利的钢片切割着那条狗。

我们穿过几条街道往回走，我向艾米莉指出这些街道确实不像以前那么脏了，我注意到她的反应很克制。这些街道都空无一人，除了我们就没人了。我对此也发表了意见，听到她叹了口气。她对我保持着耐心。

在我们住的大楼的门厅里，一只插着花的大花瓶在电梯口摔倒在地，摔成了碎片。这堆垃圾中有一只死老鼠。正当艾米莉提着那动物的尾巴把它扔到街上去时，怀特教授、怀特夫人和珍妮特沿着我们公用的走廊走来。他们保留了太多旧时的行为方式，因此可以马上说他们装束齐备了要去旅行——外套、围巾、手提箱。他们三个如此装束，令人想到另一个世界或我们上面的社会阶层——那里的人们还根据场合的需要通过衣着或财产来展示自己。就仿佛这个世界上什么都不曾发生，怀特夫妇一家要出门旅行了，就听珍妮特说道：“哦，快点，我们走，我们走，妈妈，爸爸，这时候没有人留下，待在这里真是太可怕了。”咔嗒！又出现这种情况了，几句冲口而出的话，散发出仿佛就是“它”自身的气息，概括了人们（至少是我）还来不及概括的一种新事态。我看见艾米莉敏捷地朝我扫了一眼，甚至本能地向我靠近一步，可能是瞬间的怯懦使她做出受母亲保护的姿势。我不出声地站着，旁观怀特一家大惊小怪、忙忙碌碌。我看到了我的过去、我们的过去：显得很滑稽。就是很滑稽。我们从来都是荒唐、渺小、自以为是的动物，扮演着我们的角色……看着怀特一家，审视我们自己，可不是美妙的事情。然后，我们都以相当老套的方式告别，认识你们太好了，希望我们还会再见，诸如此类，好像发生的事情都没什么大不了。他们发现了一趟这天下午从这个城市出发的长途汽车，这种正式的长途汽车往北开出十英里。普通市民无法享用这种长途汽车业务，但他们以行贿的方式能使自己乘上这趟车，将在离飞机场一英里的地方连同他们的行李一起下车。这天下午，将有一架官方的飞机按照日程飞往国家的最北端。同样，普通人从来都不可能乘上这样的班机，部门负责人及其家人如果有钱——拥有天文数字的钱，就可以设法乘坐。当然这么多钱不是用于买机票，而是用在行贿上面。易货交易啦许诺啦恐吓啦诉求啦必定在这次旅行中大行其道，怎样的一种可怕的努力——完全以新的形式出现——我们幸存者努力的新时尚，不惜一切代价生存下去——但在他们的态度上却显不出一点痕迹。再见，再见，有你们做我们的邻居真不错，也许很快就能见到你们，是的，我也这么希望，再见，旅途愉快。

我们走进我的公寓，从窗口看他们拎着沉重的手提箱沿大街走去。

现在我们隔壁的那套房间空出来了。空出来了……我猛地想到在门厅和走廊就没见到几个人。那个市场怎么样了？我问艾米莉，她耸耸肩，显然感觉我应该知道。我又走出公寓，沿着过道去看门人的房间。“如有紧急情况，请到五层七号公寓。”挂在那里的通知皱皱巴巴，门背后一点声音都没有，告诉我他和他的家人都出去了，都离开了。那通知可能已经贴在那儿好几个星期了。可我走到电梯边——它有时运行，按了电梯铃。电梯在上面某个地方移动，我等着，又按铃，盯着看，但电梯没有下来。于是我走楼梯，一步一步往上走，一个接一个空荡荡的楼层，不再有到处是交易和易货的活跃景象。经商的人、买东西的人和货物都没了踪影，五层七号公寓也没人，但在靠近楼顶的大楼最高层，我看见一些年轻人在用干草叉叉起草料喂马，我往后退，不想被看见，因为干活的人中间有几个孩子。我悄悄沿着过道走，经过更多的养动物的房间：一只山羊的头从一扇门里朝外张望；一对君王般仪态的羔羊站在一条走廊的尽头；有一堆从附近什么地方铲刮下来的东西，可以闻到猪的气味。我试着上到楼顶，那上面有一个茂盛的小菜园，种着蔬菜和各种药草，还搭了一个薄膜温室，笼子里养着兔子，一个家庭——父母和三个孩子都在辛勤干活。这时他们把目光都投向我：*你是谁？是朋友？还是敌人？*他们等着我作出回应，准备把手里的工具当作武器来用。我又走到楼顶下面一层，有个孩子在一个黑暗角落里突然站住，他一直在跟踪我。他露出牙齿，虽怀恨在心，却又故意咧开嘴笑。我的意思是说这种憎恨是刻意装出来给我看的，为了使我害怕。我可以想象他拿着一块在某个角落捡到的镜子，练习着浮出各种可怕的表情。我确实害怕了：他的手（就像这些日子艾米莉的手）贴近他的胸部，那里露出一把刀的刀柄。我想我认识这张脸，相信他就是同一天去看望艾米莉的顽童之一。（都是红头发，个头也一样。）但当然我不想以与他认识这样的情感依据打动他，而是回应他一个怒目而视，威胁性地将我的右手挪到我的（假想的）刀子那里。他站在那儿没有后退，我从他身边经过，沿着过道走去，朝那些房间里看，感觉他悄悄跟在我后面，但保持一大段距离。我看见了杰拉尔德。他坐在成堆的毛皮上面，四周围着一帮孩子——他们是“地铁帮”，而他们就住在“我的”大楼里。这真令我大惊失色，下楼时我大胆地从那男孩身边走过，他继续摆出怒视和威胁的架势。往下走，往下走，走进我的公寓——这一小块地方呈现在我眼里竟是那么陌生和有秩序，像旧时的休闲场所，而且很温暖。艾米莉已经生了火，坐在炉火旁边，雨果在她对面。她和雨果正互相对视，没有接触，长时间默默地看着对方。姑娘完全包裹在毛皮之中，所以很难说清楚她自己那有光泽的头发从哪儿开始到哪儿结束，而那条可怜的狗毛皮粗糙、发黄，真是扮了装的“美女与野兽”，但“美女”现在已与她的“野兽”非常接近，裹在兽皮里，像野兽一般敏感和谨慎，像野兽一般幸存下来。没错，“美女”已经沦落，沦落到很低的位置……我情绪很坏，看着房间里的这两位，想到我们离像老鼠那样沿着管道急走狂奔真的已非常近了，但见炉火正旺、闪闪发光，我们带来的空气净化器都在运作，窗帘也挂上了，还在上面钉了旧毯子。这里的空气真好，很洁净。我可以感觉到真正的自我焕发了活力，但先得再次离开公寓，跑到外面的人行道上去。黄昏已降临。原来人群聚集的地方没有几个人在。剩下这几个人神情茫然地在那里游荡：这么多的群落都已离开，这些人落在了后面。这里是一片漆黑！通常当黄昏降临，会有数以百计的蜡烛火苗上下飘浮着，沿那些大楼闪烁——人们正从窗口往下看，他们后面的房间在蜡烛光中模糊不清。然而现在，这个傍晚，只有几点微光高高地在黑暗中闪烁。从外面看我家窗户什么都看不见，而房间里却依然生气勃勃——现在不可能从窗口有没有灯光来判断有没有人住在里面了。大街上没有灯光，只有浓重的暮色，除了人行道上香烟的闪光就再没有别的了。我发现自己站在那里想象那大楼黑暗的正面，只有一缕蜡烛火苗（我的）在大楼里存活着。不久就会出现这种情况。任何走过的人都会知道这里孤单地、不设防地有一个人或一个家庭存在。我疯了。艾米莉有所克制的不耐烦或忧虑的反应是可以谅解的，我现在理解了她。相当经常的情况——在单个火苗的闪光中，看到的必定是雨果耐心守望的身影：是的，幸亏她已回家，这一次似乎是为了照顾我，而没有其他目的。

我回到了公寓。艾米莉已经睡觉了。雨果没有跟着她去。孤傲——她当然会理解这个。它就像任何家养的动物那样躺卧在炉火前面，鼻子冲着热源，绿色的眼睛警惕地睁开着。我朝它伸出手去，它让我感觉到尾巴的颤抖。我坐了很长时间，直到这堆火全部烧尽，倾听着大楼里的绝对静寂。但在我上面有一个种农作物的院子，有喂养的动物，有构成威胁的孩子们，还有一个老朋友——杰拉尔德。我上了床，像农民和平民百姓可能做的那样把头包起来，只露出脸，以抵抗各种凶险的念头。第二天早晨醒来时，我发现水龙头里没水了。

大楼像一部机器一样瘫痪了。

这天早晨，杰拉尔德和两个孩子一起从楼上下来。红头发的男孩和一个黑人小女孩。他带来红酒作为礼品，因为他找到一家以前的红酒代销店，里面的货物半数已遭抢劫。他还送了几条毯子和一些食物。艾米莉给我们五个人做了点吃的，一种麦片粥，里面加了肉。味道不错，吃完了很舒服。

杰拉尔德想要我们搬到顶层去，在那里便于他安装风力装置——一种小型的风车。这样一旦我们得到水，就会有足够的能量给水加温。我一句话都不说，让艾米莉去说，去选择。她说不行，最好还是待在这个地方。说这话时她没有看我，我慢慢领会到她的理由——住在大楼顶层的话我们将更容易遭到攻击，尽管住在现在这个地方跳窗逃跑也成问题。当他提出“一套大公寓，真的，艾米莉，非常大，里面放满各种吃的和用的，而我能在一天内修好电源，我们能不能……”时，她回答“不行”就是出于那个原因。他向两个孩子请求帮忙，两个孩子点点头，咧开嘴笑。他们坐在他的两边，这两个小东西大约七八岁。他们属于他，是他的手下；他成为他们中的一员；他拥有他的帮派、他的群落……但代价是做他们想做的事，为他们工作。

他想要的就是她能回去。他想要她跟他一起上楼，和他住在一起，在那些孩子——他的帮派中当王后、第一夫人或强盗的女人。而她不想要这个，她绝对不想要这个。虽然她没这么说，但意思很清楚。那两个孩子目光敏锐而警觉，他们知道争论的问题是什么。很难知道他们是什么感觉——没有传达过来任何我们能够理解的信号。他们的目光从艾米莉转向杰拉尔德，从杰拉尔德转向艾米莉。他们在疑惑。艾米莉是否能像杰拉尔德那样成为他们中的一员，和他们一起打打杀杀？或者他们在想她很漂亮，人很好，有她和他们在一起会是快乐的事情？他们看到或者感觉到她是一家人，就可以填满他们空缺的母亲的位置，假如他们还记得母亲的话？他们在想他们应该为领袖杰拉尔德对她的爱而杀了她？谁知道他们怎么想。

他们吃东西的习惯令人反感。杰拉尔德说用汤匙，看，像这样……不行，别把汤匙扔到地板上！由此可知在他自己的房间里——他自己的穴居处，他不再费神去管这些细节。他看着艾米莉说，要是她去那儿和他们在一起，她就能够给他们好的影响，使他们有教养……但一点用也没有，这三个人——那男人和两个小孩在中午时分离开了。明天他们会给我们带来新鲜的肉：有一头羊要杀了。他对艾米莉说，不久他会来看她，现在这里成了艾米莉的地方了。我的公寓成了艾米莉的，我是她的老侍从。行啊，干吗不呢？

他走了以后，她不说话。此时雨果过来坐下，把脸靠在她的膝头。它要表示：我看得出你终于真心选择了我，不惜违背他而选择了我，选择了我而不是其他人！

这既好笑又可怜。可她对我使眼色叫我别笑出来。她自己忍住笑，咬着嘴唇，深呼吸把临到嘴边的笑收回去。她显得大惊小怪，抚摸着雨果说：“亲爱的雨果，亲爱的，亲爱的雨果……”我注意到这个情景，定神看着。我在认识一个成熟的女人，这个女人已经疲于应付了，却依然被别人请求着、要求着和劝说着去付出。这样的一个女人实在很慷慨，她的财富和源泉总是取之不尽、用之不竭。她愿意这样——是这样的，但在她内心的某个地方存在着一种致命的疲惫。她对此非常清楚，而且不想再那样了，但她能怎么做？她知道自己充当着源泉——男人们和男孩们的目光表明了这一点，假如做不到这个，她就不重要了。她还在这么想，她仍摆脱不掉那种幻想。她付出，付出，但这种被抑制和隐藏的疲惫……所以她抚摸她的雨果的头，逗弄它的耳朵，对它低声说些温柔的谎话。她的目光在它头上面与我的目光相遇——这是一对大约三十五至四十岁的成熟女子的眼睛……她决不愿再经受那一切了。就像处于我们已消亡的文明中一个精疲力竭的女人，她知道爱就像一场热病，要受苦，要维系。“坠入情网”是一种要忍受的疾病，是一个可能导致她违背自己天性、良好愿望和真实意图的陷阱。这扇门只通向它自身，它不是生计的解决方式。它是一种自足的状态和条件，差不多不依赖它的目的而存在……也就是“处于恋爱之中”。要是她谈到这个问题，会像我这里所写的谈这个问题。但她不想谈。她充分显露她的疲惫，绝对必要的话，她愿意使尽全力，却力不从心。她爱慕的杰拉尔德，传统意义上的“初恋”；她曾等候他，为他忍受痛苦，为他夜不成寐；杰拉尔德，她的恋人，此前她已经受了他的一个需求周期，现在他又需要她了，想要她在身边了，但她再没有力气起身去见他。

当天晚些时候，杰拉尔德又下来了，这次是独自一个人，试图劝说她回到他身边。她确实跟他谈了。她说话时他听着。她对他说了他所遇到的情况，因为他自己并不清楚。

在他那所房子中建立的公社遭到来自地铁的“孩子帮”破坏之后，他意识到他那个大家庭的成员不会再回归了，便努力要把艾米莉留在身边，以便建立一个新家庭。他曾回到人行道上，目的是吸收一个新群落的核心成员。但没有奏效，以前这种做法就没有奏效。为什么？也许是因为人们相信他与那帮危险的孩子有联系，或者他组建的任何新公社都必须吸收他们；也许是因为他已公开显示他只准备接受一个女人——只接受艾米莉，而不是他自由选择，在床上惠顾他找到的随便哪个女人，这可让女孩们望而却步了。不知是何种法则在起作用，反正结果是杰拉尔德——这个过去的年轻王子、人行道上也许最受关注的年轻人，发现在那些为了能幸存下来必须依附一位领袖的男孩中，只有一人追随自己……杰拉尔德一直在听，若有所思，聚精会神，对艾米莉说的任何话都没有提出异议。

“然后你决定与其一无所有或耐心等待，还不如拥有这帮孩子。你不惜一切代价只想拥有一帮人。于是你回到他们那里，把他们控制在手下。但他们也已控制了你——你看不出来吗？我敢肯定他们想做什么就做什么，对不对？我肯定凡他们要做的事情你都无法阻止，对不对？不管是什么你都得赞同，我说得对吗？”

但此时他在退让之后，不准备接受这些话，听不进去了。

“可他们只是小孩子，”他说，“有我和他们在一起，对他们不是更好吗？我给他们吃的和用的。我照管他们。”

“他们以前也有吃的用的。”艾米莉不留情面地说。

太不留情面了……他把她完全当成了批评他的人，对他已没有感情——他是这么感觉的。他走了，几天都没有再来。

我们要安排我们的生活，布置我们的房间。

我们为得到清洁空气付出的代价，是一次次坐在那里，给电池手摇充电。天气很暖和，艾米莉拿着斧子出去了，带着一大捆木头回来。正像我想的那样，水的短缺会把我们逼到马路上去，外面传来了得得声，一辆驴车出现了，载满了用塑料桶、木桶和金属桶装的水。

“买——水——呀！买——水——呀！”古老的吆喝声传遍了我们潮湿的城北街道。两个年龄约十一岁的女孩在出售水，更准确地说是拿水换东西。我提着空桶出去了，看到还有其他人——来自我们周围几幢公寓楼。不是很多，总共不到五十人。我买水付了高价。两个小女孩已学会对人们没水可用的前景不表示同情，她们只是摇摇头，耸耸肩。为了两桶好水——至少允许我们在买之前先尝一尝——我付出了一张羊皮。

这时杰拉尔德出现了，同来的有他那一帮约二十个孩子，手里都提着各种容器。楼上养着那些个动物，养它们当然需要水，但这帮人片刻工夫就抢走了水，抢了就走，根本不付钱。我情不自禁朝杰拉尔德喊道：“这可是这两个小女孩的生计！”可他没有注意到。我想他没听到我的喊声。他警觉地站着，高度警惕。当他的孩子帮把水桶卸下，提着水桶逃进大楼的时候，当售水的人抱怨着，来买水却没有买到的人站着大吼和尖叫的时候，他眼睛冷冷地观察四周。等杰拉尔德和那些孩子都走了，就轮到我遭抢劫了。我站着，身边放着两个装满水的桶。对面公寓楼里的一个男人，低下头瞪眼直视我的眼睛，露出牙齿，伸出手去抓我的水桶。我交出了一桶，提起另一桶跑进了大楼。艾米莉一直在窗口看着。她看上去很伤感，也很恼怒：我可以猜到她心里会用哪些词语责骂杰拉尔德。

一盘干净的水放到了雨果面前，它喝个没完。它站在喝空的盘子旁边，低垂着头。我们又把盘子倒满，它又开始喝……这桶水的三分之一就这样用掉了，而在我们的内心——雨果的和我们的——此时掠过的是同样的念头。艾米莉坐在它旁边，还像过去一样用胳膊搂着它，意思是：它不要担心或悲哀，她会保护它的；即便她或者我没水喝了，它也会有水喝……

两天后，当售水的人来的时候，她们带了几个男人持枪护卫，我们有秩序地排队买水。杰拉尔德和他的孩子帮没有到场。队伍里的一个女人说“那帮无赖”开发利用了舰队河，开始自己经营起售水买卖了。事情真是这样，对于我们来说，雨果也好艾米莉也好我也好，这都是事态的一次大好转，因为每天杰拉尔德都会给我们带来一桶水，有时还更多。

“你看，我们必须这么做，我们得让喂养的动物一直有水喝，对不对？”

我们知道要保护这个买卖，会有一些艰苦的仗要打。和当局作战吗？还是和使用那个水源的其他人作战？——因为在城市各处，古老的水井和泉眼当然都已启用。和当局斗的话，杰拉尔德和他的孩子帮又怎么能赢？为了能去那里取水，他们必须得赢。

“哦，”杰拉尔德说，“他们没有足够的军队来照看一切，对不对？大多数军人不是已经走了吗？我的意思是说，现在我们的人数可比他们多……”

要是大家都走了，那我们——艾米莉、雨果和我待在这里干什么？

但我们不再认真地考虑离开的事情。我们可能会谈几句多盖利夫妇的事情，或者说道：好吧，哪一天我们真该想想……

空气、水、食物、温暖——这些我们都有了。与此前很长一段时间相比，现在的情况要安逸多了。不那么紧张，不那么危险了。连仍寄居在这个大城市裂缝和缺口里的少数人也在不断离开，离开……

秋末冬初的时候，我看着一个群落开拔了。至少就这里的人行道而言，这是最后一个群落。像以前在我眼前出发的其他群落一样，他们仍配备了旅行拖车——这是从我们这个地区出发的群落的典型特征，但装备比以前要好一些。比较一下各种记录，似乎每个社区都有其自身特点，甚至风格！是的，我可以用“风格”这个词……风俗习惯形成的速度多么快呀！我记得在群落迁移的早期，曾听人这么说：“哪儿有皮鞋？我们这里总有皮鞋卖。”

也许详细描述这个群落出发的情况，会是挺有意思的事情。

那个早晨天气很冷。低垂的天空由西向东快速移动，活像阴暗、涌动的大海。尽管刮起一阵风，搅动和卷起碎碎点点的积雪，但空气厚重，让人感到难以呼吸。道路和人行道上的积雪只有薄薄一层。地面似乎在流动。周围的高楼黑漆漆的，轮廓分明，有的消失在飞舞的雪片和云层中了。

有五十来人集合在一起，都紧紧裹在毛皮里。前面两个带枪的年轻人特别显眼。他们后面是四个带着弓箭、棍棒和刀的人。接着是一辆由汽车改装的大板车：轮子以上都被拆卸干净，木板铺在上面构成一个平面。这辆大板车由一匹马拉着，上面堆放着一捆捆衣服和装备、三个小孩和喂马的干草。大一点的孩子得自己走。

大板车的后面走着妇女和孩子，他们后面是另一辆大板车，拉车的是两个小伙子。这辆车上放着一个和过去的干草箱类似的大家伙：一个木制的隔热加衬垫的容器，里面适合放置在出发前煮到沸腾的陶罐。这些陶罐在放进这个为它们设置的暖窝后会一直处于焖烧状态，好在一天旅行结束时大家有一顿饭吃。第二辆大板车之后还有第三辆——过去运牛奶的车，装载着食物补给：谷物、脱水蔬菜、各种浓缩液等等。第四辆大板车由一头驴拉着。上面装着笼子。有几只下蛋母鸡，用于繁殖而不是用来吃的兔子——十几只怀孕的兔子。最后一辆特地由四个带武器的男孩保卫。

这个旅行队伍与众不同之处是马和驴——我们这个城区以拉车的动物闻名。我们不知道为何会有这个特点。也许是因为在旧时代这里有供练马术者用的马厩，一旦有了需要，这些马厩就变成了饲养、繁殖的专门设施。连这里小块的公用草地都用来养马，当然日夜都受到严密保护。

当一支旅行队伍出发前往北方或西方，各个大楼里的人通常都出来告别，表达良好的祝愿，托他们捎口信给先前离开的朋友和亲戚。但那个早晨只有四个人出来。我和雨果静静地坐在窗前观看，这个群落没有喧喧嚷嚷的告别，而是做好出发准备后就离开了。与此前人们的离开大不相同，这次离开的情绪不那么振奋和快乐。这些人闷闷不乐，似乎忧心忡忡，这使他们裹在毛皮里的身子显得很瘦小，不引人注目。他们这个物品丰富的车队可是理想的抢劫对象。

艾米莉连看都不看一眼。

到了最后一刻，杰拉尔德才跟六个孩子出来，他们站在人行道上，直到最后一辆车装载着咯咯鸣叫的货物转过教堂那头的拐角，从视野里消失。这时杰拉尔德转过身，带着那帮孩子回到了大楼。他看见我，朝我点点头，但脸上没有笑容。还不如说他神情紧张。一般人看一眼这帮野蛮小子，就足以让他腹部肌肉紧张地收缩，而杰拉尔德还白天黑夜地生活在他们中间。我相信他跟着他们一起跑出来，是要阻止他们袭击装满货物的大板车。

那天晚上，有人来敲门。四个孩子站在门外，他们激动的眼睛闪闪发亮。艾米莉一句话没说就关门上锁。随后她还用几把沉甸甸的椅子顶住门。一阵扭打和低语之后，脚步声离开了这里。

艾米莉看着我，在雨果的头顶不出声地对我做口型——我用了几秒钟才读出她要说的话：烤雨果吃。

“要么是烤艾米莉吃。”我说。

没过几分钟，我们听见街上传来尖叫声，接着是许多人急匆匆的脚步声，然后孩子们在尖声欢呼胜利——这是一次袭击、一起犯罪的全部声音。我们赶紧拉开沉重的窗帘往外看，月亮很小，借着它照耀在雪地上的一点微弱光亮，我们看见杰拉尔德那帮人，但没有杰拉尔德，把什么东西拖上门前的台阶。看上去像是一具尸体。不一定就是那种东西，也可能是一个口袋或一捆东西。但我们禁不住要怀疑，这种怀疑强烈到使我们确信拖的就是尸体。

我们默默在炉火边一直坐到天亮，等待着，倾听着。

我们中的一个或我们三个随时都可能成为受害对象，简直无法避免。

无法避免。杰拉尔德自己或跟他挑选出来的孩子，甚至几个孩子自己，会以这个世界上最正常的方式下来拜访我们。他们给我们带来礼物。但这并不能保证我们能免于成为受害对象。他们带来面粉、奶粉和鸡蛋，还有聚乙烯板、胶带纸、钉子和各种工具。他们给我们毛皮小地毯、煤、种子、蜡烛。他们带来……这个城市各处几乎都走空了，你要做的只是走进没人守卫的大楼和仓库，取走你想要的东西。但那里大多数东西都是没人再使用或没人想要的，再过几年，假如某个幸存者发现了它们，他一定会问：这东西到底是干什么用的？

这些孩子其实已经这样了。你会看到他们蹲着俯视一叠贺卡、一个粉色尼龙带凹槽的灯罩、一个用于装饰花园的塑料小矮人、一本书或一张唱片，他们把它们翻来翻去：这东西是干什么用的？他们拿它来做什么？

但这些来访、礼物，并不意味着在另一种情绪下、另一个时刻里，他们不会杀人，就因为突然想到了，喜欢这么做，一时的冲动。

太不合情理了……

又这么不合情理，就像小姑娘琼的离开。我们坐在那里深思这个，谈论这个，倾听着——因为在我们头顶上面有马嘶有羊叫。鸟儿急速经过我们的窗户往上飞去，它们要飞到大楼的顶层，因为只要从那里一扇打碎的窗户跳进去，就能在一个农家庭院里挑选吃的。那里是一个蔬菜园，甚至还种了几棵树：不合情理，就人们的心理来说是新生事物。是新的吗？要是一直存在，它就会被引导到正常途径，受纪律约束和社会化。或者我们对这些方式太习以为常了，以至于都视而不见。

不久以前，要是有个男人或女人和你握过手，送过你礼物，你有理由希望他或她下一次见面时，不会因为只是心血来潮就杀了你……按照往常的情况，这听起来像是到了滑稽剧的边缘。但滑稽剧离不开常规、惯例和标准。社会准则是滑稽剧笑料的源泉，没有了社会准则，那种笑的特定形式也就枯竭了。

我想到了琼，在她第一次抢劫我的公寓时，我问艾米莉："可为什么是我？"回答是：因为你在这里，她认识你，甚至于——因为你是她的朋友。

我们可以相信楼上的那些孩子某天晚上可能下来杀掉我们，就因为我们是他们的朋友，他们认识我们。

一天晚上，都已半夜，我们围坐在炉火边，炉火已经快熄灭了。我们听到门外和窗外有人声。我们谁都没动或去找武器。我们三个交换着眼色——这些眼色谈不上有多么开心，我们还没镇定自若到这种程度，但我确实认定这些眼色有类似于幽默的成分。此时外面的小坏蛋中有几个我们当天早晨曾给过他们吃的。当时我们和他们坐在一起吃。*你们感到够暖和了吗？再来一片面包。你们还要加点汤吗？*

我们无法为保护自己而对付那么多的人。他们总共有三十多人，正在门外和窗下低声说话。杰拉尔德也在里面吗？不会，绝对不会。他睡熟了，或去远的地方探险了。

雨果转过身，让自己站在了他要保护的艾米莉和门之间。它朝我看，示意我站到艾米莉和窗之间的位置，当然必须得到保护的人是艾米莉。

扭打和低语在继续。门被砸了几下。更多的扭打声。然后是一阵突发的声音——叫喊声，脚步声匆忙离去。发生了什么事？我们不得而知。也许杰拉尔德听说了他们在干的事情，跑过来阻止了。也许他们只是改变了主意。

第二天，几个孩子跟杰拉尔德一起来看我们，我们一起度过了美好的时光……我可以这么说，可以这么写。我们一边和他们平平常常坐在那里聊天、分享食物，一边却审视其中一个孩子的脸想着：唉，说真的，昨天晚上可能就是你打算用刀捅死我！我可无法把这当作正常状态来传达。

一切都还这样继续着。

我们没有离开。假如有人要问：你的意思是说，你们两个人冒着风险待在这里，而不是离开城市到安全或安全一些的乡村去，就因为那个动物——你们身边那个丑陋、长满硬毛的老畜生吗？你们准备自己死于饥饿、寒冷或被谋杀，都是因为那个畜生！我们会就此回答说：当然不是，我们并不那么荒唐，我们把人放在人所属的、比畜生们高的位置，将不惜一切代价地救人。动物们必定要充当人的牺牲品，这种看法正确、适当，我们也会像其他人一样照做。

但情况不同了，不再是雨果不雨果的问题。

现在的问题是，我们有什么地方可以去？去做什么？这么多人出发前往的地方居然没有传来一点音信。静寂和冷漠……不曾有过任何反馈，没有人再度回到人行道上，向大家报告说：“我从北方，从西部回来，我遇到了某某人，他对我说……”

没有这样的事情。每当我们往上看和往外看时，看到的都是冬季低垂的云堆匆匆向我们压来：黑色的云，又黑又冷的云。因为天在下雪。雪片降下来，雪积到了我们的窗台。所有那些离开这里的人——那些民众，他们遇到了什么事？他们可能已走出了一个平坦世界的边际……在广播里，或偶尔从一辆官方车辆（从窗口望出去如同死去时代的遗物）的喇叭里，听到来自东面的消息：是的，似乎在那里依然存在某种生活。有些人甚至在当农民，种庄稼，过日子。“那个地方”“那一边”——我们确实听到了那些地方的消息，那些地方对我们来说是活生生的。但我们所在的地方也是活生生的。这个近乎半空的老城容纳人、动物和植物。那些植物生长啊生长，接管了街道、人行道、建筑底层的地面，迫使柏油路面开裂，快速攀上墙头……这都是生命。等春天到来，绿色的生命将会充满这个地方，动物也会生气勃勃地繁殖、进食、茁壮成长。

可北方和西部不是这样。唯有寒冷和沉寂。我们不想离开。再说和谁一起走呢？艾米莉、我自己，还有我们的动物，我们该自己走吗？没有群落出发了，甚至都组不成群落了，当我们从窗口往外看时，外面的人行道上连个人影都没有。我们被留在了这个漫长冬季的寒冷和阴暗之中。啊，这天色真阴暗，是这么一种低垂、浓厚的阴暗。围绕在我们周围的，是从雪中高高耸起的黑色高塔，它们的底座堆满积雪，而且每天都在增高。此时，这些大楼里没有灯火，一点都没有。假如有一块窗玻璃在漆黑的长夜里闪光，那一定是来自月亮——当月亮短暂地在疾走的云间露脸的时候。

一天下午，大概是天黑前一个小时，艾米莉在窗边朝外看，她惊呼起来："哦，不，不，不！"我走过去，看见杰拉尔德出来了，走在洁净的深雪里，光秃秃的树枝下积雪堆得很高。他穿着华丽的外套，但衣服敞着，仿佛对可怕的寒冷并不在意。他头上没戴帽子，在那里走动就好像这个城市里只有他独自一个，谁都不会看见他。他是要重访旧地（毕竟还是很近的事情），重温他当时的成功？他曾是人行道上的主人、聚在这里的群落的首领。他看看周围优美、细碎的雪，又抬头看看天空，低垂的云层从西边裹挟着夜色过来，把黑暗降临到装点着白雪的黑色树木上。他一站就是几分钟，情绪颓唐，眼神愣愣的，像是在思考，又像是心不在焉。艾米莉看着他，我可以感觉她已心急如焚。现在已是我们三个在窗口看杰拉尔德，当然还有其他人也从他们的窗口往外看。他没带武器。没戴手套的手有时插在口袋里，有时则悬在身体两侧。他的样子满不在乎，解除了自己的武装，而且对此并不在意。

这时有一小块东西急速飞过他的身旁，犹如一只疾飞的鸟。他飞快地朝大楼投去冷漠的一瞥，依然站在那里。紧接着石块纷纷落下——在我们上面的窗户，弹弓都对准了他，也许还有比弹弓更具杀伤力的武器。一块石头击中他的肩膀，它可能会击中他的脸，甚或一只眼睛。此时他故意转过身子面朝大楼，我们看到他让自己成为活靶子。他让自己的双手在身体两侧松弛地垂下，默默地站在那里，脸上没有笑容，既不忧虑也不恐慌。他等待着，眼睛牢牢地盯着可能是我们上面一层窗户里的什么东西或某个人。

“哦，不！”艾米莉又喊道。话音刚落，她像农村妇女那样，将一条披肩围在肩膀上，便跑出了公寓。我看见她跑到了街对面。雨果的呼吸开始带有焦虑的短促哀叫，它的鼻息把窗玻璃喷得模糊不清。我把手按在它的脖子上，它稍稍安静了一些。艾米莉的胳膊滑到杰拉尔德胳膊底下搂住他，劝他离开人行道，到路对面我们这边来。又是一通石块、小块金属、动物内脏和垃圾的齐射。鲜血从杰拉尔德的太阳穴那里流下来，另一块石头击中了艾米莉的腰部，使她踉跄地要往后倒。她遭遇的危险令杰拉尔德猛醒过来，此时他用自己的手臂为她遮挡，带她跑进了大楼。我可以听到上面孩子们的高声叫喊，以及他们有节奏的高唱：“我是城堡里的王……”当杰拉尔德和艾米莉跑进雨果和我等候他们的房间时，跺脚声和歌唱声在我们头顶上继续。

杰拉尔德脸色苍白，他的额头上划了一道深深的口子。艾米莉忙着给他清洗伤口。他也关心她被石头击中的伤情，只是一点擦伤而已。

艾米莉让他在炉火边坐下，然后坐到他身边，用自己的手揉搓着他的手。

他情绪非常低落，神情忧伤。“可他们不过是小孩子呀。”他眼睛望着艾米莉、我和雨果，又说：“充其量也就是一帮孩子。”他脸上充满了疑惑和痛苦。我搞不懂杰拉尔德为何不能（甚至现在还不能）接受那些孩子变成了现在这个样子。我知道这在他的内心深处，是某种根本性的东西，而放弃他们——他自己这么感觉——就是要放弃他自己最有价值的部分。

“艾米莉，你知道吗？那个小孩，丹尼斯，他四岁，不错，就是他。你认识他吗？你认识我说的那个人吗？几天前他跟我来过这里——那个无礼的小孩。”

“是的，我记得，可杰拉尔德，你必须得接受……”

“四岁，”他执意往下说，“四岁。不过就这么个孩子。我从他说的话里了解了一些情况。他出生于第一批漫游客途经这一带的那一年。但他离家出走跟别的孩子混在一起，变得和他们一样凶狠。你知道他干的坏事，你知道，他那天晚上干的事情吗？”

“是杀人吗？”我问，因为艾米莉什么都没说，只是继续揉搓着他冰冷的手。

“是的，怎么说呢，我想是杀人。他在场。那天晚上我回来时，我压不住火了，别说有多恶心了。我对他们说……然后他们中的一个说是丹尼斯干的，他是第一个拿上自己东西走的人。我想，他的东西就是一块石头。他第一个走，然后其他人——四岁的孩子，跟着他走了。当我回到公寓时，你知道吗，死人躺在那里，他们都在……丹尼斯在那里，意外地在他们中间，领着他们干——这不是他们的过错，这怎么可能是他们的过错？你怎么能怪罪一个四岁的孩子呢？”

“没有谁怪罪他们。”艾米莉温柔地说。她眼睛闪闪发亮，脸色却非常苍白，她坐在杰拉尔德身边就好像守卫和保护他，就好像她已营救了他，现在不会放他走了。

“不能怪罪，既然没人能救他们，那也同样不该怪罪他们，对不对？对不对？”他向我恳求道。

我们坐过了整个长夜，等待着。我们当然预料会有一次攻击、一次来访、一位使节，会有某件事情发生。在我们上面，巨大的空楼没有一点声音。随后的一整天都在下雪，天色阴暗，天气寒冷。我们坐着等待，还是什么都没有发生。

我知道艾米莉预料杰拉尔德会去楼顶上走一趟，去看看怎么回事。她必须得劝阻他。但他没有去的意思。几天之后，他只是说了一句：“好吧，也许他们已经搬到别处去了。”

“那些动物也走了？”艾米莉不满地问，她想着上面那些可怜的动物们。

他抬起头看着她，发出短促的一笑，这一笑意味着对什么问题想出了一个结论——一个决断，但这个决断掺杂着冷嘲热讽或抵触情绪。“要是我上去，我可能又会被拖回去，没什么好处。至于那些动物，它们必须像别人一样把握自己的机会，上面还有其他人呢。”

于是，我们默默地继续过下去——我们四个。

到了该结束的时候了，但在杰拉尔德加入我们之后，我不能说结束。我们在那里等待冬天的结束，我们知道这是一段很长的时间，我们疲惫的身心会感觉这段时间格外漫长。没完没了的一段时间，但不会比整个冬天更漫长。后来，在一个清晨，一块微弱的黄色污斑停留在墙上，隐藏的图案苏醒了，显现出来。这就是我们等待的时刻——我的这种感觉是如此强烈，致使我朝那还在熟睡的三个大声呼唤："艾米莉——艾米莉！杰拉尔德，艾米莉，快来呀。雨果，你在哪儿？"

从艾米莉的房间，嘚嘚地跑出了那条脾气执拗的狗——雨果，它后面跟来了杰拉尔德和艾米莉，两人都裹在毛皮里，打着哈欠，头发乱蓬蓬的，并不吃惊，但眼睛里闪着询问的目光。雨果一点不感到惊讶：它在墙边非常警觉、充满活力地站着，它朝墙里面看，就仿佛它最终想要的、需求的和认识的将在这里发生，它已经为此做好了准备。

艾米莉拉着杰拉尔德的手，和雨果一起跨越森林的屏幕走进了……现在都很难说清楚到底发生了什么。我们身处的地方，那里可以为我们呈现一切——以这种或那种方式摆设的房间贯穿了千年的趣味和习俗，墙壁破损、倒塌再重新生长，房子的屋顶像森林的一个层面——青草萌生、鸟儿筑巢，房间被捣毁、废弃和洗劫。雷声轰鸣、电光闪闪的云层下面，有一片鲜绿的草坪，草坪上有一只巨大的带麻点的黑色钢蛋，但被磨光、磨亮了，反射着黑荧荧的光。蛋的四周站着艾米莉、雨果、杰拉尔德、她的军官父亲、她那庞大的笑盈盈的威武母亲，还有小丹尼斯——这个四岁的罪犯紧紧抓住杰拉尔德的手，握住它，抬头端详他的脸，微笑着——他们站在那里，看着这只钢蛋，直到它在他们处身之地产生的力的作用下破裂，分成几瓣倒下，从里面出现了……也许是一个场景：人们在一个静悄悄的房间里弯着腰用各种形状的材料在地毯上玩拼图，本来这地毯毫无生气，直到恰好对应的图形配上，它便被注入了活力。可不是这样的，我没有见到那个场景，或者即便见到了也不够清晰……那个世界，呈现为一千个闪烁的小亮块，小亮块上许多图景杂乱地堆在一起，所有图景都转瞬即逝，迅速转变成另一幅画面。在我们走进去时，这个世界开始折叠，自动包裹起来，逐渐淡去，变小和消失，所有的一切——树木、小溪、青草、房间和人都是这样。但我一直在寻找的一个人还在那里——她在那里。

不，我不能清楚地说出她是什么样子。她美丽——这一个词就足够了。我只在一瞬间看到了她，马上就像黑暗中迸发的火星一般熄灭了——只是一瞥：她正好转过脸朝着我，我能说的就是……无话可说。

正当这个世界在她周围折叠起来时，她转身一直朝前走去。这时她的旁边是艾米莉，艾米莉的旁边是雨果，还有落在艾米莉和雨果后面的杰拉尔德。是艾米莉，却已大大超越了她本人，彻底变换了容颜，而黄狗雨果也有了它新的自我——一只堂皇、英俊的狗，非常高贵和得体，走在她身旁，她的手放在它的脖子上。两个走得很快，跟着那一个在前面引路的她，她要带艾米莉和雨果离开这个崩溃的小世界，进入完全不同的另一个世界。两人在跨越另一道门槛后，立即转过了脸，笑了……杰拉尔德看到了那两张脸，他跟在后面，但仍陷在那可怕的冲突中，犹豫再三，踌躇不前，与此同时，光彩夺目的碎片在他周围盘旋。接着，在最后一刻，他们来了，他的孩子们奔跑过来，牢牢抓住他的手和他的衣服，在其他东西像墙壁那样最后消融之后，他们也都迅速地跟着消融了。

译后记

多丽丝·莱辛（Doris Lessing, 1919—2013），英国女作家，被誉为英国文坛的常青树。她出生时父亲是驻伊朗的英国陆军上尉，后来全家迁居罗得西亚（今津巴布韦）。青年时代她参加左翼政治运动，曾一度加入共产党。她在经历了两次婚姻挫折后于1949年定居伦敦，居住在伦敦北部。她赞同不愉快的童年造就小说作家的说法，因为她自己的童年就是痛苦多于快乐。作为小说家，她擅长描写自主女性的奋斗和衡量几代左派人物之间的鸿沟。小说处女作《野草在歌唱》（*The Grass is Singing*）出版于1949年。她最有影响的小说有：《金色笔记》（*The Golden Notebook*）、《幸存者回忆录》（*The Memoirs of a Survivor*）、《天黑前的夏天》（*The Summer before the Dark*）和长篇系列小说《暴力的儿女们》（*Children of Violence*），均已稳居西方现代小说经典作品的行列。她曾获得大卫·科恩英国文学奖、西班牙阿斯图里亚斯王子奖、加泰罗尼亚国际奖和S. T. 杜邦金笔奖等荣誉。她荣获2007年诺贝尔文学奖时已年近九十，获奖原因是这位女性经验的史诗作者“以其怀疑主义、激情和想象力审视了一个分裂的文明”。

《幸存者回忆录》是多丽丝·莱辛20世纪70年代创作的幻想小说中最出色的一部，可以说是一部现实主义手法的幻想小说。从书名看，它必定是关于灾难的，是对一场无法逃避的灾难局部场景的主观描述。小说1974年问世，出版后大获评论界好评，认为它手法新颖，虽以女性为叙述者和主人公，却是一部超越女性主义基本主题的惊世杰作。作者把这部小说题献给她的儿子彼得。根据《幸存者回忆录》改编的同名电影于1981年9月在英国上映，该片由戴维·格拉德维尔（David Gladwell）导演，朱丽·克里斯蒂（Julie Christie）主演。

这是很多年以后发生在将来的事情：某种波及全国甚至世界的大灾难降临人间，城市生活陷入瘫痪，交通运输和通信联络失灵，食品供应日趋短缺。小说的叙述者是一个幸存下来的中年妇女，她的观察范围仅限于自己住的公寓、这座公寓大楼、窗外的人行道和邻近的社区，字里行间充分呈现了偶尔的惊心动魄，但更多时候是死寂、无望和令人窒息的灾难图景。城市管理机构和司法机构继续存在却无所作为，成群结伙的市民迁移到乡村或遥远的地方，互助团体创立了但寿命不长，为非作歹的孩子帮在早已了无生气的街头流窜……故事的开始颇具荒诞性：一个陌生男人带着一个女孩出现在“我”的家里，他留下这孩子要“我”照看。这个女孩——艾米莉和她的宠物狗——雨果便占据了故事的中心。小说里还有一个至关重要的、同样有生命力的幻想元素——公寓客厅那面时常对“我”自动开启、显现奇异景象的墙。处于青春期、无所畏惧的艾米莉逐渐融入了以帮派、群落为特征的街头生活，她爱上了青年领袖杰拉尔德，并在他组建的帮派群体中成为不可或缺的人物。雨果这条丑陋的黄皮狗不可避免地遭到冷落，但仍固执地守候着主人。那面墙背后的场景往往与艾米莉有关，似乎是她早年经历的重演。尽管艾米莉与杰拉尔德的关系几经波折，可他们苦心经营的“公社”在那个非常时期自有其令该地区市民向往的地方。但极具毁灭性的因素出现了——杰拉尔德固执地要将一帮曾经寄居在地铁下的孩子拉入自己的帮派，却又无力用纪律或行为规则来约束他们。杰拉尔德和艾米莉的“大家庭”瓦解了，已经建设好的一切都被这些野蛮孩子无情地捣毁。甚至到了最后，连杰拉尔德都成了他们攻击甚至谋害的对象。这时读者迎来了小说的结局：又是那面墙的自动开启，在一个幻想世界彻底毁灭的当口，及时带走了艾米莉和雨果，把姑娘和她的狗引入了另一个美好的幻想世界。

《幸存者回忆录》被公认为预言式的作品，那它究竟预言了什么呢？是预言人类文明的脆弱，在遭遇大灾难的非常时期，人们的生活方式和精神状态都将无可挽救地回到野蛮时代；还是借灾难场景呼吁持久的忠诚、爱和责任感的重要性？抑或是揭示我们的社会组织和系统并不能像它通常承诺的那样，能真正确保公民个人安全稳定的生活？甚至是预言了现代城市化的末日图景，以及在不可逃脱的命运面前个人的渺小与无奈？在这个问题上，也许给这部小说下定论会影响读者自由、自主地欣赏。有如许多现代经典小说那样，《幸存者回忆录》并不只有单一的寓意，更不是政治和社会学概念的图解。作品的价值在相当程度上存在于读者个人在阅读过程获得的感受之中。读这部小说是一次对灾难的深度体验，是一次对人性的凝神沉思。

本书根据英国弗拉明戈出版公司1995年版本译出。在翻译过程中，有些谜团始终在我脑海里飘忽徘徊。诸如：作者把墙背后的世界或场景划分为两个地带，是否也有现实世界存在类似划分的寓意？青春期叛逆的艾米莉以及她的童年生活在多大程度上带有作者本人的影子？小说中生存能力最强，同时也最野蛮凶狠的为何是一帮不满十岁的孩子？最后在墙背后的世界里获得拯救的为何只有艾米莉和忠实的狗雨果？乱世英雄杰拉尔德最终成为失败者，并在最后一刻失去了被拯救的机会，作者预设的是一种什么样的思想、情感轨迹或自然法则？好在作为译者，而不是多丽丝·莱辛作品的研究者，我无须勉强去充当这部吸引人的小说的阐释者。这样的谜团也许就是文学大师提供给人的精神食粮，留给每个读者独自去琢磨、品味和领悟。我愿意以普通读者的身份重读或在心里重温这个作品。作为读者是幸福的，自由的，因为在谜团中探索正是文学阅读的趣味所在。